에밀리 디킨슨 시 읽기
"그 녀석은 이 왕관을 만질 수 없어"

에밀리 디킨슨 시 읽기

"그 녀석은 이 왕관을 만질 수 없어"

나희경 번역 및 해설

도서출판 동인

▌ 에밀리 디킨슨에 관하여

19세기 미국의 여성 시인인 에밀리 디킨슨Emily Elizabeth Dickinson (1830-1886)은 생애 동안 세상에 거의 알려지지 않았지만 세상을 떠난 후로 조금씩 주목받기 시작하여 오늘날 미국 시에서 가장 중요한 시인 중 한 사람으로 평가받는다. 그녀는 매사추세츠주 앰허스트의 유력한 가문에서 태어나 어린 시절 앰허스트 아카데미Amherst Academy에서 7년 동안 공부했고 후에 신학 여학교에 잠깐 다녔다. 그것이 그녀가 받은 학교 교육의 전부였다.

디킨슨은 스스로 고립과 은둔을 선택하여 평생 그녀의 집과 고향 마을을 거의 벗어나지 않은 채 생활했다. 그녀는 주로 흰 옷을 입고 지냈으며 손님을 맞이하는 것을 몹시 꺼렸고 말년에는 자신의 방에서 좀처럼 나오지 않았다고 전해진다. 그래서 마을 사람들로부터도 특이한 사람으로 여겨졌었다. 그녀의 시적 세계는 1886년에 그녀가 죽고 나서 여동생인 라비니아 Lavinia가 그녀의 서랍 속에 간직되어 있던 시 원고들을 발견하여 세상에 내

놓으면서 그녀 자신만의 사적인 영역을 벗어나서 독자들과 함께하는 공적 영역으로 들어오게 되었다.

그녀는 1,800여 편이나 되는 많은 시를 썼지만 생애 동안에는 고작 10편이 발표되었다. 그녀의 시는 당시에는 물론이고 오늘날에 이르기까지도 매우 독특한 표현 형식을 가진 것으로 평가된다. 그 시들에는 제목이 붙여지지 않았으며, 압축된 표현의 짤막짤막한 행으로 구성된 짧은 시들이다. 디킨슨의 시는 규칙적인 운율을 가졌던 당시의 전통적인 영시 형식에서 벗어나 불완전 운율slant rhyme의 형식을 취하고 있다. 또한 그녀는 자신의 시에서 극히 이례적인 방식으로 대문자나 대시dash, 구두점을 사용했다. 그래서 디킨슨 시의 표현상 특징은 극도로 압축된 시어와 독창적인 은유, 고유한 이미지, 독특한 표기법 등으로 요약될 수 있다. 그리고 시의 주제는 자연과 종교, 일상에서의 다양한 경험 요소를 포괄하는데, 그것들을 몇 가지로 간추리면 죽음이나 불멸성, 자연 현상, 연애와 사랑, 영적인 삶, 당시의 사회상, 인간 심리에 대한 탐색 등으로 나타난다.

디킨슨은 30대 초반이던 1862년에 당시 영향력 있는 문학 평론가였던 히긴슨Thomas Wentworth Higginson에게 편지를 써서 자신의 시가 출판될 만한 가치가 있는지 문의하였다. 세상과 단절된 삶을 살면서 자신의 시를 세상에 알리려는 시도를 외면한 것처럼 보였지만, 그녀도 결국은 자신의 시가 독자들에게 읽히기를 바랐다는 것을 말해준다. 독자를 마음속에 두지 않고 시를 쓴다는 것은 그녀에게도 불가능했을 것이다. 그때 디킨슨이 히긴슨에게 쓴 편지는 자신의 시와 독자와의 관계, 혹은 자신과 세상과의 문학적 소통 가능성에 관해 의미 깊은 시사점을 갖는다.

히긴슨 선생님께,

선생님께서는 너무도 바쁘셔서 혹시 제 시가 살아 있는지alive 말씀해
주실 여유가 없으신지요? 제 마음은 제 시에 너무나 가까이 있어서
그게 살아 있는지 명확하게 알아볼 수가 없습니다. 그리고 저에게는
그것에 대해 물어볼 만한 어떤 사람도 없습니다. 선생님께서 제 시가
숨을 쉬고 있다고 생각하신다면 그리고 저에게 그것을 말해줄 여유
를 가지셨다면 저는 너무도 감사할 것입니다. 만약 제 시에서 선생님
께서 저에게 말씀해 주시기 곤란한 그런 실수가 발견된다면 제가 선
생님께 더 진실한 영광을 느낄 수 있게 해주실 수 있는지요? 바라옵
건대 선생님께서 저에게 저의 그 실수가 무엇인지 말씀해 주실 것을
부탁드리며 제 이름을 함께 적어 올립니다. 선생님께서 저의 부탁을
저버리지는 않으실지 여쭈어보진 않겠습니다. 왜냐하면 선생님께서
는 명예 그 자체이시니까요.[1]

　　디킨슨은 미묘한 뉘앙스를 담은 이 편지 말미에 서명을 하지는 않았지
만 자신의 이름이 적힌 한 장의 카드와 시 네 편을 거기에 동봉해서 보냈
다. 히긴슨은 그녀의 작품에 대해 칭찬을 아끼지 않았지만 그녀가 더 긴 시
를 쓸 때까지 출판을 미루는 게 좋겠다고 제안했다. 하지만 그때 그는 이전
에 그녀의 시가 이미 출판된 적이 있다는 것을 알지 못했다. 그녀는 그에게
자신의 시를 출판하는 것이 "지느러미에게 창공이" 낯선 것만큼이나 낯선
일이라고 말했으며, 동시에 "명성이라는 것이 저에게 속하는 것이라면 저

1) Sewall, Richard B. *The Life of Emily Dickinson*. Bloomington, Indiana: Farrar, Straus &
　 Giroux, 1974. 541.

는 그것을 피할 수 없을 겁니다"라고 속마음을 밝혔다.[2]

예리한 관찰자였던 디킨슨은 삶의 보편적 의미를 탐색하고 거기에서 얻은 지혜를 표현하기 위해 자연이나 종교, 법률이나 패션, 음악이나 회화, 상업이나 지리, 집안일이나 정원 가꾸기 등 그녀가 실제로 체험하거나 배우게 된 거의 모든 내용을 시적 이미지로 바꾸었다. 그녀의 시에서 특히 두드러지는 주제는 고통과 죽음, 자연의 신비와 경이, 자신의 정체성, 종교와 불멸성, 연애와 사랑 등이다. 그리고 그녀는 그런 다양한 주제에 자신만의 고유한 위트와 유머, 풍자와 정서의 색조를 가미한다.

그녀의 시를 전문적으로 연구하는 학자인 주디스 파르Judith Farr가 "그녀는 살아 있었던 동안에 시인이라기보다는 아마도 정원사로 더 널리 알려졌을 것이다"[3]라고 말했듯이 디킨슨의 시에는 정원 가꾸기와 꽃에 관한 묘사가 빈번히 나타난다. 파르는 디킨슨의 "많은 시와 편지가 꽃과 관련된다"라고 말한다.[4] 그녀의 시에서 정원에 관한 언급은 종종 "상상력의 영역과 관련되며, 거기에서 꽃들은 행위와 감정에 대한 상징"이다.[5] 예를 들면 디킨슨의 시에서 용담꽃gentians과 아네모네꽃anemones은 젊음과 겸손을 나타낸다.

그녀의 시에서 두드러지는 또 다른 주제는 고통과 죽음이다. 그녀의 시들 중 심리적으로 복잡한 주제를 담고 있는 작품들은 삶의 열망에 대한 상실이 곧 자아의 파멸을 야기하고 그 고통이 다시 죽음과 자살 같은 주제로

---

2) Johnson, Thomas H., ed. *The Complete Poems of Emily Dickinson*. Little, Brown and Company, 1960. vii.

3) Farr, Judith. *The Gardens of Emily Dickinson*. Cambridge, Massachusetts: Harvard UP, 2005. 3-6.

4) Farr 1-7.

5) Farr 1-7.

연결된다. 그녀는 실제로 어린 시절부터 가족이나 친척의 여러 죽음을 목격했으며, 병약한 삶을 살아가는 그녀의 어머니를 곁에서 지켜보아야 했다. 그리고 그녀 자신도 건강이 나빠서 평생 여러 가지 질병으로 고통당했다. 그만큼 그녀의 시에는 질병과 고통, 죽음이 뿌리 깊게 스며들어 있다. 하지만 그녀는 고통과 죽음을 때로는 강하고 담대한 태도로, 때로는 기발한 해학적 표현으로 다룬다.

오늘날 디킨슨은 미국 문화에서 강인한 힘과 생명력의 시인으로 확고하게 자리매김하였다. 비록 그녀에 대한 초기 비평은 그녀의 삶과 시에 나타나는 특이성과 은둔적 성향에 기울었지만, 오늘날 그녀는 모던하고 혁신적인 시인으로 인정받고 있다. 심지어 일찍이 1891년에도 하우웰스William Dean Howells와 같은 비평가는 "만약 우리의 삶으로부터 이 특이한 시 말고는 아무것도 산출된 것이 없다고 해도 우리는 에밀리 디킨슨의 작품에서 미국, 혹은 차라리 뉴잉글랜드가 세계 문학에 독특한 기여를 했다고 느끼게 될 뿐만 아니라 미국이나 뉴잉글랜드가 세계 문학의 기록에서 결코 배제될 수 없다고 느끼게 될 것이다"라고 평가했다.6) 나아가서 대표적인 현대 영문학 평론가 중 한 사람인 블룸Harold Bloom은 월트 휘트먼Walt Whitman이나 월러스 스티븐스Wallace Stevens, 로버트 프로스트Robert Frost, T. S. 엘리엇T. S. Eliot, 하트 크레인Hart Crane 등과 더불어 디킨슨을 서양 문명을 대표하는 26명의 작가 중 한 사람으로 꼽는다.7)

---

6) Blake, Caesar R., ed. *The Recognition of Emily Dickinson: Selected Criticism Since 1890.* Michigan: U of Michigan P, 1964. 24.

7) Bloom, Harold, ed. *Emily Dickinson: Bloom's Major Poets.* Chelsea House, 1999. 9.

▌ 번역 및 해설에 관하여

에밀리 디킨슨의 시는 독특한 언어 표현과 구조 때문에 이해하기가 극히 어려워서, 비평적 안내가 없이는 일반 독자가 접근할 수 없었다. 그런 이유에서 그녀의 시는 우리나라에서 본격적으로 번역된 적이 별로 없는 것이 사실이다. 강은교 시인이 42편을 번역하여 1976년에 <민음사>를 통해 출간하였으며, 2020년에 3판 6쇄를 펴냈다. 그리고 2018년부터 2020년 사이에 박혜란이 총 222편을 번역하여 <파시클> 출판사를 통해서 네 권의 책으로 출간하였다. 또한 2011년에 윤명옥이 103편을 번역하여 <지식을 만드는지식>을 통해 출간하였다. 디킨슨의 시는 표현의 압축성과 형식의 고유성 때문에 의미와 구문을 정확하게 파악하는 것이 극도로 어렵다. 그래서 이 책을 위한 번역 작업에서는 구문의 정확한 파악에 특별히 관심을 쏟았으며, 시의 각 행의 순서를 가능한 한 임의로 변경하지 않고 원문의 행과 어순을 될수록 충실하게 따르려고 노력했다. 그것이 외국어로 쓰인 시를 우리말로 번역하는 데 있어서 내용과 의미뿐만 아니라 구조상 미묘한 차이가 나타내는 뉘앙스를 충실하게 전달하는 방식이라고 생각했기 때문이다.

에밀리 디킨슨의 각각의 시를 우리말로 해설한 책은 이제까지 나오지 않았다. 이 책은 디킨슨의 시 100편을 번역하고 거기에 각각 우리말로 해설을 덧붙였다. 이 책에서의 해설은 디킨슨의 시를 학술적으로 연구하는 비평적 차원의 접근이라기보다는 일반 독자들이 그녀의 시를 감상하는 데 도움을 주려는 차원에서 쓰인 것이다. 그래서 각각의 시에 대해 간결하고도 쉬우며 설득력 있는 해설을 덧붙이려고 애썼다. 오늘날 디킨슨의 시에 대해 세계적으로 수많은 애호가가 있다는 사실에 비추어서 이 작업이 국내의 디킨슨 시 애호가들뿐만 아니라 미국 시를 공부하는 학생들에게도 작게나마 도움이 될 수 있기를 기대한다.

실린 순서

18 | 늦가을 [*]

The Gentian weaves her fringes —1)

The Gentian weaves her fringes —
The Maple's loom is red —
My departing blossoms
                Obviate parade.

A brief, but patient illness —
An hour to prepare,
And one below, this morning
Is where the angels are —
It was a short procession,
The Bobolink was there —

---

* 각각의 시에 붙여진 번호는 *The Complete Poems of Emily Dickinson* (edited by Thomas H. Johnson. Little, Brown and Company, 1960)에 매겨진 번호이다. 디킨슨이 시에 제목을 붙이지 않았기 때문에, 번호에 이어서 붙여진 어구는 시 제목이 아니라 역자가 독자의 이해를 돕기 위해 각 시의 주제나 소재에 해당하는 표현을 일종의 안내 문구로 제시한 것이다.
1) 디킨슨이 독특하게 사용하는 대시는 시의 진행에서 흐름의 일시 정지가 필요한 지점이나 감정적 머뭇거림을 나타낸다. 그렇게 함으로써 감정과 생각의 깊이를 더하려는 의도로 보인다.

An aged Bee addressed us—
And then we knelt in prayer—
We trust that she was willing—
We ask that we may be.
Summer—Sister—Seraph!
Let us go with thee!

In the name of the Bee—
And of the Butterfly—
And of the Breeze—Amen!

용담풀은 술들을 엮어 짜고—

용담풀은 술들을 엮어 짜고—
단풍나무 베틀은 붉고—
나의 떠나가는 꽃봉오리들은
            행진을 미연에 막는구나.

짧지만, 참을성 있는 질병—
준비하기 위한 한 시간,
그리고 아래쪽 한 시간이, 오늘 아침에
천사들이 있는 곳이지—
그것은 짧은 행렬이었고,

보보링크 새가 거기에 있었으며–
한 나이든 꿀벌이 우리들에게 연설을 했고–
그런 다음 우리는 무릎을 꿇고 기도했지–
우리는 그녀가 자발적이었다고 믿어–
우리도 자발적일 수 있는지 묻네.
여름–언니–천사!
우리도 그대와 함께 가게 해주렴!

그 꿀벌의 이름으로–
그리고 그 나비의 이름으로–
그리고 산들바람의 이름으로–아멘!

▒▪▪ 해설

가을의 색깔들이 타는 듯 밝게 빛난다. 술 장식을 한 용담풀의 자줏빛 꽃이 10월쯤이면 여름에 마지막 작별을 고하고, 붉은색이나 오렌지색의 단풍잎들이 인사한다. 그처럼 화사한 단풍잎들과 꽃들이 다가오는 추위에 지기 전 가을이라는 계절이 마치 우리의 눈을 황홀하게 하는 짧은 행진을 벌이는 듯하다. 한편 시인의 정원에서는 여름꽃들과 풀잎들이 시들어가고 있다. 꽃들이 지고, 나뭇잎과 풀잎은 갈색으로 변해간다. 그것이 마치 가을의 화려한 행진을 가로막는 듯하다. 행진이 필요하지 않다고 선언하는 것처럼 보인다. 꿀벌과 나비, 산들바람과 같은 여름의 요소들이, 그리고 언니 천사로 불리는 여름이 짧지만 참을성 있는 가을의 시간에 자리를 내주고 물러간다. 그런 가을 아침에 화자는 그 짧지만 황홀한 행진에 자신도 함께하고 싶다고 기도한다.

23 ｜ 잃어버린 친구

I had a guinea golden —

I had a guinea golden —
I lost it in the sand —
And tho' the sum was simple
And pounds were in the land —
Still, had it such a value
Unto my frugal eye —
That when I could not find it —
I sat me down to sigh.

I had a crimson Robin —
Who sang full many a day
But when the woods were painted,
He, too, did fly away —
Time brought me other Robins —
Their ballads were the same —
Still, for my missing Troubador

I kept the "house at hame."

I had a star in heaven —
One "Pleiad" was its name —
And when I was not heeding,
It wandered from the same.
And tho' the skies are crowded —
And all the night ashine —
I do not care about it —
Since none of them are mine.

My story has a moral —
I have a missing friend —
"Pleiad" its name, and Robin,
And guinea in the sand.
And when this mournful ditty
Accompanied with tear —
Shall meet the eye of traitor
In country far from here —
Grant that repentance solemn
May seize upon his mind —
And he no consolation
Beneath the sun may find.

나는 기니 금화 하나를 가졌었지―

나는 기니 금화 하나를 가졌었지―
그것을 모래밭에서 잃어버렸어―
그리고 비록 그 액수는 보잘것없었고
그리고 땅속에 파운드 동전들이 있었지만―
여전히, 그건 너무도 가치 있었어
내 검소한 눈에는―
그래서 그것을 찾을 수 없었을 때―
나는 주저앉아 한숨지었지.

나는 심홍색 로빈 한 마리를 가졌었지―
그 녀석은 여러 날 목청껏 노래했어
그러나 숲이 그려졌을 때,
그 녀석도, 역시, 날아가 버렸어―
시간이 흘러 다른 로빈들이 왔지만―
그들의 노랫소리는 여전했지만―
그래도, 나의 잃어버린 트루버도를²⁾ 위해
나는 "나뭇가지 사이 그 집"을 간직해 두었어.

나는 하늘에 별 하나를 가졌었지―
그 이름은 "플레이어드"였으며―

---

2) 트루버도(Troubadour)는 중세시대 남부 프랑스·북부 이탈리아 등지에서 활약하던 서정
   시인으로, 특히 궁정풍 사랑(courtly love)의 주제를 노래했다.

내가 한눈팔았을 때,
그것은 제자리로부터 길을 잃고 방황했어.
하늘은 곳곳이 별들로 붐비지만―
그리고 밤하늘은 여전히 빛나지만―
그것은 나와 아무 상관이 없어―
그것들 어느 것도 내 것이 아니므로.

나의 이야기는 하나의 교훈을 담고 있지―
나는 한 친구를 잃어버렸는데―
그의 이름은 "플레이어드"이고, 또한 로빈이며,
그리고 모래 속에 있는 기니야.
그리고 이 슬픈 소곡이
눈물과 함께하며―
배신자의 눈과 마주칠 때
이곳으로부터 멀리 떨어진 나라에서―
엄숙한 후회가
그의 마음을 짓누르게 해주소서―
그래서 그가 위로를 얻지 못하도록
세상 어디에서도.

그리워하는 한 친구에게 편지를 쓰는 형식을 취하고 있는 이 시는 마지막 연에서 그 의미를 요약하고 있다. 화자는 그 친구가 자신의 부재에 대해 후회해야만 한다고 장난스럽게 표현한다. 화자가 떠나버린 친구를 표현하기 위해 선택한 세 개의 이미지가 제각기 흥미롭다. 첫 번째 이미지는 자신이 잃어버렸던 영국의 옛 금화인 기니(guinea)이다. 지금 그녀는 수 파운드(pounds)라는 큰 금액을 가지고 있지만 여전히 그 잃어버린 기니 하나를 소중히 여기고 있다. 아마도 화자는 그 기니를 잃어버리기 전까지는 자기가 그것을 그리워하게 되리라는 것을 깨닫지 못했을 것이다. 우리는 자신이 지금 소중하게 지니고 있는 것을 그리워할 수 없고, 우리가 그리워하게 되는 것은 우리가 가지고 있지 않을 것일 수밖에 없다. 즉 가지고 있으면서 그리워할 수는 없다. 두 번째 이미지는 봄철에 노래하는 한 마리 로빈이다. 그 새는 봄에 노래하다가 여름이 되어 숲이 우거지고 거기에 여름꽃들이 피자 떠나가 버렸다. 대신에 여러 마리의 다른 로빈들이 찾아와 똑같은 노래를 부른다. 그럼에도 불구하고 그녀의 마음은 떠나버린 그 로빈에게 머물러 있다. 세 번째 이미지는 밤하늘에 떠 있는 일곱 개로 구성된 플레이아데스 성단 중 사라져버린 하나의 별에 관한 것이다. 그리스 신화에 따르면 아틀라스(Atlas)의 일곱 딸들을 신들이 7개의 별로 자태를 바꾸어 놓았는데, 그들 중 한 명인 메로페(Merope)가 인간과 연을 맺어 성단에서 보이지 않게 되었다고 전해진다. 마지막 연에서 화자는 사라져버린 친구를 "배신자"라고 칭하면서, 그가 훗날 자신의 이 "슬픈 소곡"을 들으면서 뼈아픈 후회에 빠져 살아가기를 기원한다. 떠나가 버린 친구에 대한 서운한 감정을 익살스럽게 표현한 시이다. 화자는 본래 여성인 플레이아데스 성단도 남성(he)으로 바꾸어 부르고 있다. "소곡"이라는 표현에 걸맞게 장난스럽게 변형한 것으로 볼 수 있다.

49 | 이별, 상실

I never lost as much but twice,

I never lost as much but twice,
And that was in the sod.
Twice have I stood a beggar
Before the door of God!

Angels—twice descending
Reimbursed my store—
Burglar! Banker—Father!
I am poor once more!

나는 딱 두 번 잃었을 뿐이야,

나는 딱 두 번 잃었을 뿐이야,
그런데 저번에는 뗏장 속에다 잃었고
나는 두 번 빈털터리가 되어

하나님의 문간 앞에 섰던 적이 있어!

천사들이－두 번째로 내려와서
내 보물창고에 상환했지－
날강도! 은행가－아버지!
나는 다시 한번 가난해졌어!

■ ■ ■ **해설**

화자는 지금 사랑하는 사람의 죽음을 겪고 있다. 뗏장 즉 무덤 속에 묻혀버린 사람이 누구인지는 불분명하다. 이 시의 핵심은 하나님을 향해 "날강도! 은행가－아버지!"라고 외쳐대는 대목이다. 불경스럽게 비칠 수도 있지만, 슬픔에 갈기갈기 찢기는 심정일 때 우리가 격렬하게 울부짖게 된다는 점을 생각하면 화자의 그러한 표현이 이해된다. 첫 행에서 화자는 자신이 지금까지 딱 "두 번"만 누군가를 잃어버린 경험이 있다고 말한다. 이곳에서 언급된 상실이 마지막 행에서 그녀가 "다시 한번 가난해졌다"라고 외치는 대목에서 강렬하게 메아리친다. 최초로 경험한 두 번의 상실은 죽음에 의한 상실이었다. "하나님의 문간"이라는 표현은 흥미로운 모호성을 띤다. 화자가 서 있는 곳이 단순히 무덤 앞인지 아니면 천국의 문 앞인지 애매하다.

　시는 첫 연에서 죽음을 경제적 상실의 이미지로 표현하고 있고 그러한 경제적 이미지가 두 번째 연에서 더욱 강화된다. 첫 번째 연에서 화자는 상실로 거지 신세가 되었는데, 두 번째 연에서 그녀의 보물창고가 천사들에 의해서 상환되었다. 천사들이 사랑하는 사람을 되돌려 주었다기보다는 아기를 탄생시켜 그 죽음들을 갚아주었을 수 있다. 그러나 이제 화자는 세 번째로 상실을 겪었고 다시 한번 그녀는 거지 신세가 되었다. 그런데 이번에는 비록 거지 신세가 되었지만 하나님께 구걸하지 않는다. 오히려 그녀는 하나님에게 뺨이라도 후려갈기고 싶은 심정이다. 그래서 그녀는 먼저 하나님을 날강도라고 부른다. 그가 그녀의 사랑하는 사람을 앗아갔기 때문이다. 그런 다음, 은행가라고 부른다. 그는 대출금을 갚으라고 요구할 수도 있고 이율을 올릴 수도 있고, 그녀의 지급 능력을 파악하고 있을 수도 있다. 그런 다음 마침내 그녀는 그를 하나님 아버지라고 부른다.

55 | 소중한 선물

By Chivalries as tiny,

By Chivalries as tiny,
A Blossom, or a Book,
The seeds of smiles are planted —
Which blossom in the dark.

기사들에 의해 조그만,

기사들에 의해 조그만,
한 송이 꽃이나, 한 권의 책으로서,
미소의 씨앗들이 심어진다—
어둠 속에서 꽃으로 피어나는.

■■■■ **해설**

우리는 누군가 특별한 사람으로부터 보내진 작은 선물이나 건네진 애정 어린 표정에 대해 혼자 있을 때 조용히 생각해 보는 달콤한 느낌을 가져본 적이 있다. 그런 경우에 우리는 그러한 작은 선물에 특별한 의미를 부여한다. 그래서 그것이 우리의 마음속에서 꽃처럼 피어난다. "기사들"-멋지고 예를 갖춘 남자들-이 그런 선물을 보내고, 받는 사람은 아마도 화자와 같은 수줍음 많은 아가씨일 것이다. 그래서 화자는 그 선물을 준 사람에게 자신의 감정을 마음껏 드러낼 수 없다. 그 선물을 단지 고이 받을 따름이다. 하지만 그것은 그 화자로 하여금 밤이 깊은 시간에 홀로 자신의 방에서 미소가 피어나게 만든다. 그 선물은 비록 일반적으로는 "조그만" 것이겠지만 그것을 소중히 여기는 화자에게 결코 사소한 것일 리 없다. 미소의 씨앗을 심어준다는 이미지가 흥미롭다. 은근한 어떤 내색을 선물 받은 사람은 그것에 대해 공공연하게 반응을 보일 것 같지 않다. 오히려 미소의 씨앗이 심어졌다가 혼자만의 조용한 시간에 그 의미를 되새길 것 같다. 디킨슨의 시 자체가 그녀가 독자들에게 건네준 작지만 특별한 선물일 수 있다.

61 | 생쥐의 천국

Papa above!

Papa above!
Regard a Mouse
O'erpowered by the Cat!
Reserve within thy kingdom
A "Mansion" for the Rat!

Snug in seraphic Cupboards
To nibble all the day,
While unsuspecting Cycles
Wheel solemnly away!

높은 곳에 계시는 아빠!

높은 곳에 계시는 아빠!
한 마리 생쥐를 긍휼히 여겨주세요

고양이에 의해서 꼼짝 못 하게 된!
당신의 왕국에 마련해 주세요
그 생쥐를 위한 "대저택" 하나!

거룩한 찬장 속에 아늑하게 들어앉아
하루 종일 이빨로 갉아대게 해주세요,
그러는 동안 아무런 의심도 없이 순환하는 세월이
근엄하게 지나가도록!

■■■ **해설**

하나님을 "아빠"라고 부르는 화자는 자신을 가장 천한 존재인 생쥐로 표현한다.
게다가 그 생쥐 화자는 고양이의 발 아래 짓눌린 긴박한 상황에 처해 있다. 그런
데 그 생쥐 화자는 하나님에게 천국에 안식처 하나를 마련할 수 있게 해달라고 간
청한다. 나아가서 그 설치류 화자는 천국에서 자기가 온종일 이빨로 갉아댈 수 있
는 아늑한 찬장 하나 정도면 족할 것이라고 말한다. 자신에게 천국은 으리으리한
궁전이 아니라 안전하고 아늑한 조그만 공간이라는 것이다. 아마도 그 화자는 무
언가에 의해서, 누군가에 의해서 혹은 단지 삶에 의해서 짓눌려 있다고 생각하는
것 같다. 화자가 만족스럽기 위해서 원하는 것은 거창한 행진이나 왕관, 대단한
영광 같은 것이 아니고, 단지 혼자 편안히 이빨로 갉아댈 수 있는 어떤 것이면 된
다고 말한다. 그러나 마지막 두 행에서 그러한 달콤한 단순성이 깨진다. 디킨슨은
뜻밖에도 여기에다 세상에 대한 복잡한 관점을 이입시킨다. 순환하는 긴 세월은
아무런 의심도 하지 않는다. 태양계 혹은 우주 전체는 우리의 현재 고통에 무관심
할 뿐만 아니라 사후 세계에 대해서 어떤 것을 알려주지도 않는다. 이처럼 단순히

운행하고(wheel) 있을 뿐인 우주가 이빨로 뭔가를 갉아대고 있는 조그만 생쥐와 아이러니하게도 선명한 대비를 이룬다. 근엄하게 운행하는 세상과 우주의 어느 구석에서 생쥐는 자신만의 조그맣고 편안한 천국을 갖고 싶다.

75 | 해와 달

She died at play,

She died at play,
Gambolled away
Her lease of spotted hours,
Then sank as gaily as a Turk
Upon a Couch of flowers.

Her ghost strolled softly o'er the hill
Yesterday, and Today,
Her vestments as the silver fleece—
Her countenance as spray.

그녀는 놀이하면서 꺼져갔다,

그녀는 놀이하면서 꺼져갔다,
장난치면서 멀어져 갔다

자신이 임대한 얼룩진 시간 동안에,
그런 다음 개구쟁이처럼 유쾌하게 내려앉았다
꽃의 침상 위에.

그녀의 유령이 언덕 위에 살며시 산책했다
어제도, 그리고 오늘도,
은빛 양털 복장을 하고서―
물안개 같은 표정을 지으며.

▪▪■ 해설

첫 번째 연은 해를 묘사하고 있다. 해는 낮 동안에 논다. 꽃들이 피어 있으니 여름날이다. 풍경은 놀이하기에 좋은 분위기이다. 구름 낀 하늘의 틈새를 통해서 햇빛이 쏟아져 내리는 모습을 "얼룩진 시간"이라고 표현하고 있다. 해는 일정한 시간만 놀 수 있다. 그러고는 잠자리에 든다. 장난기 어린 해는 잠자리에 들면서도 유쾌하다. 해는 노을이 피어난 지평선이라는 꽃의 침상 위에 유쾌하게 내린다. 두 번째 연은 달을 묘사한다. 해의 유령인 달이 양털 구름 옷을 입고 어둠이 내린 언덕 위에서 산책한다. 무수한 별빛을 통해 비치는 달의 얼굴 모습은 물안개 같다.

76 | 영혼의 해방감

Exultation is the going

Exultation is the going
Of an inland soul to sea,
Past the houses —
Past the headlands —
Into deep Eternity —

Bred as we, among the mountains,
Can the sailor understand
The divine intoxication
Of the first league out from Land?

환희는 떠나가는 것이다

환희는 떠나가는 것이다
내륙의 영혼이 바다로,

집들을 지나고—
갑(岬)들을 지나서—
영원 속으로 깊숙이 들어가는 것이다—

산으로 둘러싸인 지역에서 자란, 우리와는 달리,
뱃사람이 이해할 수 있을까
육지로부터 첫 3마일 떠나갈 때의
그 신성한 도취를?

■■■ 해설

이 시는 익숙한 육지의 해안선으로부터 멀어져 가며 먼 바다를 향해 나아가는 배에 탄 사람이 느끼는 희열을 표현하고 있다. 그러한 환희는 영혼이 속세의 괴로움으로부터 마침내 해방되어 하늘나라로 떠나가는 것일 수 있고, 미지의 영역으로 모험해 들어가면서 느끼는 강렬한 즐거움일 수도 있다. 산이 많은 지대에서 사는 사람들은 좀처럼 바다를 볼 수 없다. 그 지역에서는 지평선이 산꼭대기나 언덕에 의해서 제한된다. 반면에 바다에서는 둥글게 휘어진 수평선을 볼 수 있다. 날마다 항해를 떠나는 항해사는 산악지대 사람들이 느끼는 그러한 구속감을 알지 못하며, 따라서 처음으로 배를 타고 바다로 나아가는 산사람이 느끼는 "신성한 도취"라는 영혼의 해방감을 이해할 수 없을 것이다.

105 | 세속적 가치와 영적 가치

To hang our head — ostensibly —

To hang our head — ostensibly —
And subsequent, to find
That such was not the posture
Of our immortal mind —

Affords the sly presumption
That in so dense a fuzz —
You — too — take Cobweb attitudes
Upon a plane of Gauze!

우리가 겉치레로만 — 고개를 숙이는 것은 —

우리가 겉치레로만 — 고개를 숙이는 것은 —
그래서 그 결과, 알게 되는 것은
우리의 불멸의 마음이 취하는 자세가

그런 게 아니라는 것을—

교활한 추정을 가능하게 한다
그처럼 조밀한 솜털 속에서—
너도—역시—거미집과 같은 태도를 취한다는 것을
거즈 같은 평면 위에!

▨▩■ 해설

화자를 포함한 우리가 진실한 존경심이 아닌 가식적인 태도로 어떤 절대적인 권위에 고개 숙일 때, 화자는 자기 자신뿐만 아니라 다른 사람도 그처럼 위선적인 마음을 가지고 있다는 것을 추정해서 알게 된다. 예를 들면 겉모습만으로 고개 숙여 기도하는 종교인의 태도를 취할 때, 화자는 그런 마음 자세가 불멸에 이르는 진정한 믿음이 아니라는 것을 의식하고 있다. 또한 화자는 다른 사람, "너"도 그와 같은 복잡하고 하찮은 "솜털" 같은 가식 속에서 거즈 천처럼 성긴 자신의 믿음에 기대어 "거미집"처럼 이기적인 태도를 취하고 있다는 것을 알고 있다. 이처럼 너와 화자(나)가 서로 위선적인 겸손과 가식적인 존경의 태도를 취하는 상황에서 화자는 영민하게 추정할 수 있다. 서로 조밀한 솜털처럼 복잡한 의도를 숨기고 있으며, 너도 역시 거미집처럼 이기적인 속셈을 가지고 있고 그것을 거즈처럼 얇고 가벼운 어떤 이상이나 대의명분에 편리하게 투사하고 있다는 것을. 믿음이나 인간관계의 천박함을 이미지로 구현하기 위해서 사용된 "겉치레"나 "교활한 추정", "조밀한 솜털", "거미집", "거즈", "평면" 등의 표현들이 매우 효과적이다.

115 | 무덤 속 생활

What Inn is this

What Inn is this
Where for the night
Peculiar Traveller comes?
Who is the Landlord?
Where the maids?
Behold, what curious rooms!
No ruddy fires on the hearth—
No brimming Tankards flow—
Necromancer! Landlord!
Who are these below?

이건 무슨 여관이지

이건 무슨 여관이지
밤을 보내기 위해서

기이한 여행객이 찾아오는 이곳은?
이곳의 주인은 누구이지?
하녀들은 어디 있지?
저걸 봐, 방들은 참 이상하군!
난로에는 붉은 불꽃도 없고─
술통에 넘쳐흐를 듯한 술도 없고─
혼령과 대화하는 주술사여! 여관 주인이여!
이곳 아래 세상에 묵고 있는 이 사람들은 누구죠?

■ ■ ■ **해설**

무덤은 무서운 장소이지만 그곳은 장기간 숙박을 제공한다. 이 시의 화자는 "밤"
혹은 영원한 잠으로 비유된 죽음의 세계─여기에서는 무덤이라는 이상한 여관─
를 목격하고 당혹감을 토로한다. 무덤이라는 여관에 든 여행객은 이 세상의 길을
더 이상 걷지 않는 사람이라는 점에서 "기이한 여행객"이다. 화자는 여관 주인이
어디 있는지, 왜 환대의 행위가 없는지 궁금해하면서 더 심오한 질문을 던진다.
그 기이한 여행객의 여행길에는 무엇이 기다리고 있는가? 그 소홀한 대접에 항의
라도 하는 것처럼 화자는 소리 지른다. "혼령과 대화하는 주술사여! 여관 주인이
여!" 혼령과 대화하는 주술사(Necromancer)는 죽음의 마술을 행하는 존재를 일컫
는다. 하나님을 혼령의 주술사라고 부르는 것은 비기독교적인 태도이다. 그 낯선
여관 분위기에 대한 의문과 당혹감은 마침내 "이곳 아래 세상에 묵고 있는 이 사
람들은 누구죠?"라는 질문으로 귀결된다. 마지막 질문에서 주제가 깊어지고 복잡
해진다. 우리가 일단 이 삶에서 떠나게 되면 우리는 어떤 상태가 되는가? 우리가
살아있었을 때 모습대로 사람들에게 알려질 수 있는가? 아니면 부재 상태가 되는
가? 아니면 전혀 새로운 정체성을 갖게 되는가?

125 | 쾌락과 고통

For each ecstatic instant

For each ecstatic instant
We must an anguish pay
In keen and quivering ratio
To the ecstasy.

For each beloved hour
Sharp pittances of years —
Bitter contested farthings —
And coffers heaped with tears.

모든 황홀한 순간에

모든 황홀한 순간에
우리는 번민이라는 대가를 지불해야만 해
통렬하게 몸서리치는 비율로

그 황홀함에게.

각각의 아름다웠던 시간에 대해서는
여러 해에 걸쳐 쓰라린 아픔이 주어지지―
괴로움이 파딩과3) 경쟁하고―
자산이 눈물과 함께 그득 쌓이지.

▨ ■ ■ 해설

이 시는 쾌락과 고통, 기쁨과 괴로움이 서로 맞물려 있음을 표현한다. 쾌락에는 반드시 고통이라는 대가가 따르게 된다는 것이다. 대가를 치른다는 의미의 "지불하다"(pay)가 그 작용 방식이다. 행복과 불행, 기쁨과 번민의 그러한 대응 관계를 표현하기 위해서 시인은 "지불하다"나 "비율", "파딩"이나 "자산"과 같은 재정적 개념을 사용한다.

---

3) 파딩(farthings)은 영국의 옛 동전으로 1/4페니에 해당하는 금액이었고 1961년 폐지되었다.

128 | 삶의 경험을 추구함

Bring me the sunset in a cup,

Bring me the sunset in a cup,
Reckon the morning's flagons up
And say how many Dew,
Tell me how far the morning leaps—
Tell me what time the weaver sleeps
Who spun the breadth of blue!

Write me how many notes there be
In the new Robin's ecstasy
Among astonished boughs—
How many trips the Tortoise makes—
How many cups the Bee partakes,
The Debauchee of Dews!

Also, who laid the Rainbow's piers,
Also, who leads the docile spheres

By withes of supple blue?
Whose fingers string the stalactite —
Who counts the wampum of the night
To see that none is due?

Who built this little Alban House
And shut the windows down so close
My spirit cannot see?
Who'll let me out some gala day
With implements to fly away,
Passing Pomposity?

저 일몰을 컵에 담아 나에게 가져다주오,

저 일몰을 컵에 담아 나에게 가져다주오,
아침의 술병들을 합산해 주오
그리고 이슬방울들이 몇인지 말해주오,
아침이 얼마나 멀리 도약하는지 나에게 말해주오 —
그 직공이 몇 시쯤 잠자리에 드는지 나에게 말해주오
푸른 하늘을 잣는 그 직공이 말이에요!

나에게 적어서 알려주오 얼마나 많은 음조가 있는지
놀란 표정의 나뭇가지들 속에서 노래하는

새로 온 울새의 환희 속에는－
거북이는 몇 번이나 여행을 하는지－
꿀벌은 몇 잔이나 마시는지,
이슬 먹고 취하는 저 난봉꾼 말이에요!

거기에다, 무지개의 교각은 누가 놓았는지,
거기에다, 고분고분한 저 천체들은 누가 이끄는지
낭창낭창한 실가지들을 가지고 말이에요?
저 종유석은 누구의 손가락이 매달아 놓는 건지－
밤의 조가비들을 누가 헤아리는지
어떤 것도 만기가 되지 않았다는 것을 알아보기 위해서 말이에요?

이 조그만 하얀 집을 누가 지어서
창문들을 이처럼 꽉 닫아버렸는지
내 영혼은 알 수 없는 건가요?
누가 나를 축제에 내보낼 건가요
날아갈 채비를 갖추어서,
저 거들먹거림을 지나쳐서 말이에요?

▪▪■ 해설

이 시는 구약 성경에서 욥(Job)이 하는 통렬한 말들에 대한 응답 형식의, 일련의
수사적인 질문으로 구성되어 있다. 믿음을 시험당하는 고초를 겪으며 욥이 하나

님께 소리쳐 항의하고 하나님은 그의 질문에 다시 수사적인 질문으로 답한다. 예를 들면, 욥기 38장 12절에 "네가 너의 날에 아침에게 명령하였느냐 새벽에게 그 자리를 일러 주었느냐?"라고 묻는다. 이 시의 화자가 하는 질문들은 하나님이 욥기에서 한 질문들을 인간적인 표현으로, 여성적인 표현으로 멋지게 고쳐 말한 것이다. 화자는 새와 하늘, 아침과 이슬에 대해 답변을 요구한다. 시의 화자는 아침이 얼마나 멀리 도약하는지 그리고 누가 넓고 푸른 하늘을 엮어 짜는지 묻는다. 이처럼 연속적으로 이어지는 수사적 질문들에서 목마른 꿀벌은 "이슬에 취한 난봉꾼"으로 의인화되어 있고, 무지개는 거대한 아치의 교각 위에 놓여 있으며, 고분고분한 천체들은 하늘의 채찍에 의해서 양들처럼 인도된다. 또한 별들은 밤의 조가비 화폐들로 비유된다. 하나님이 욥에게 한 질문에 대한 답변이 없듯이 디킨슨이 사용하는 수사적 질문에도 답변이 없다. 그런데 마지막 연에서 그 질문들의 성격이 변한다. 욥처럼 시의 화자도 하나님을 향해 질문을 한다. 왜 자신이 "조그만 하얀 집"으로 비유된 몸의 감옥 속에 갇히게 되었는지를. 거기에 갇혀 있어서 그녀는 삶의 진정한 본성을 볼 수 없다는 것이다. 그녀의 더욱 통찰력 있는 질문은 자신이 육신의 한계를 초월하여 "날아가게" 될 때, 즉 자신이 죽은 뒤에 "어떤 축제의 날들"이 있게 될 것인지를 묻는다. 시의 결말 부분에서 화자는 자신이 자유롭게 날아가게 될 때, 거만하고도 독선적인 "위로의 말"을 욥에게 전하는 성직자들의 거짓 조언과 공허한 지혜를 의미하는 "거들먹거림"(pomposity)을 자기가 극복하게 될 것인지를 묻는다.

130 | 인디언 써머

These are the days when Birds come back —

These are the days when Birds come back —
A very few — a Bird or two —
To take a backward look.

These are the days when skies resume
The old — old sophistries of June —
A blue and gold mistake.

Oh fraud that cannot cheat the Bee —
Almost thy plausibility
Induces my belief.

Till ranks of seeds their witness bear —
And softly thro' the altered air
Hurries a timid leaf.

Oh sacrament of summer days,
Oh Last Communion in the Haze—
Permit a child to join.

Thy sacred emblems to partake—
Thy consecrated bread to take
And thine immortal wine!

지금은 새들이 되돌아오는 시기이다—

지금은 새들이 되돌아오는 시기이다—
딱 몇 마리가—한두 마리가—
한번 뒤돌아보기 위해서.

지금은 하늘이 기력을 회복하는 시기이다
옛 시절—유월의 그 옛 궤변을—
푸르고도 금빛을 띤 한 번의 실수를.

오, 꿀벌을 속일 수는 없는 사기 행각—
그대의 그럴듯한 술수가
나를 꾀어 거의 넘어갈 뻔하게 한다.

씨앗들이 줄줄이 증언할 때까지—

그리고 변화된 대기를 부드럽게 뚫고
나약한 잎이 서둘러 떨어져 내릴 때까지.

오, 여름날의 성찬식이,
오, 희뿌연 더위 속에 차려진 마지막 성찬이—
한 아이에게 참여하도록 허락된다.

그대의 성스러운 표상들이 참가하여—
그대의 신성한 빵을 받아먹고
그대의 불멸의 포도주를 받아 마시도록!

■■■ 해설

이 시의 화자는 가을이 시작될 무렵 나타나는 인디언 서머(Indian summer)의 분위기를 재치 있게 묘사한다. 그 계절은 여름의 끝자락이 사라져갈 무렵 곧이어 가을이 오고 뒤이어 겨울이 올 거라는 것을 화자에게 상기시키고, 화자는 음울하고도 성스러운 기분이 된다. 대부분의 철새들이 더 온화한 기후를 찾아서 연례 이동 중이다. 그런데 그중 단 몇 마리가 되돌아온다. 쌀쌀해지려던 날씨가 다시 따뜻해지자 몇 마리의 새들이 다시 여름이 오는 것으로 착각하고 발걸음을 되돌린 것이다. 혹은 떠나가기 전에 여름의 충만함을 한번 뒤돌아보려는 것이다. 그러나 단지 푸른 하늘과 황금빛 햇살만을 보고 다시 여름날이 되었다고 생각한다면 그것은 착각이다. 그런 분위기는 실체가 아닌 단지 여름의 현상에 불과하다. 그것은 "궤변"인 것이다. 이어지는 연에서 그런 궤변은 사기 행각으로 드러난다. 그 궤변에 새 몇 마리는 속아 넘어갔지만 화자는 그렇지 않다. 꽃과 풀은 씨앗을 맺기 시작했으며, 나무는 잎들을 잃기 시작했다. 그런 현상을 보고 화자는 여름이 실질적으로 끝났다는 것을 알게 된다. 나뭇잎을 의인화한 것이 특히 효과적인 이미지로 작용한다. 나뭇잎은 산들바람에 맴돌며 떨어져 미끄러지듯 제 갈 길을 갈 것이다. 시 전체를 통해서 다양한 감각적인 이미지들이 두드러진다. 그리고 "성찬식"(sacrament), "마지막 성찬"(Last Communion), "성스러운 표상"(sacred emblems), "신성한 빵"(consecrated bread), 그리고 "불멸의 포도주"(immortal wine) 등과 같은 교회 의식의 근엄한 이미지와 표현을 사용함으로써 경건한 어조로 끝을 맺는다.

140 | 봄의 행진

An altered look about the hills —

An altered look about the hills —
A Tyrian light the village fills —
A wider sunrise in the morn —
A deeper twilight on the lawn —
A print of a vermillion foot —
A purple finger on the slope —
A flippant fly upon the pane —
A spider at his trade again —
An added strut in Chanticleer —
A flower expected everywhere —
An axe shrill singing in the woods —
Fern odors on untravelled roads —
All this and more I cannot tell —
A furtive look you know as well —
And Nicodemus' Mystery
Receives its annual reply!

언덕이 변화된 표정을 짓네—

언덕이 변화된 표정을 짓네—
튀루스의4) 빛이 마을을 가득 채우네—
아침 해돋이는 더 널찍해지고 있고—
잔디밭에 저녁노을은 더 깊어지네—
주홍빛 발자국이 찍히고—
언덕배기에는 자줏빛 손길이 있네—
파리가 촐싹거리며 창틀에 내려앉고—
거미는 제 일에 다시 열중이네—
수탉은 더욱 뽐내는 걸음걸이로 걷고—
여기저기 꽃이 피어나려 하네—
숲속으로부터 낭랑한 도끼질 소리 들려오고—
고사리 향기가 발길 닿지 않는 길에 퍼지고—
그 모든 것에 대해 내가 다 말할 수 없으니—
은밀한 표정을 당신도 알겠지—
니코데머스의5) 신비가
해마다 들려오는 응답을 받아들이네!

---

4) 튀루스(Tyre)는 옛 페니키아의 항구도시였다.
5) 니코데머스는 요한복음에 나오는 바리새인으로 예수의 가르침을 받아들였으며, 예수가 십
   자가에 처형당한 후에 향유를 가지고 가서 예수의 장례를 준비한 인물이다.

이 시는 봄을 노래한다. 화자는 숲과 언덕을 둘러보며 밝은 봄 햇살이 기울어져 비치는 모습을 인식하며, 낮이 길어지고 있다는 것을 알게 되며, 꽃들이 막 피어나려 하는 것도 보게 된다. 희미한 "주홍빛 발자국"과 "자줏빛 손길"을 보며, 꽃이 여기저기 피어나려 하는 것을 알아차린다. 동물들도 마찬가지로 깨어나고 있다. 파리는 경박하게 움직이고, 거미는 다시 실을 잣고 있으며 수탉이 저 자신을 뽐내고 있다. 이 시는 계절의 "변화된 표정"을 언급하고 환기하면서 시작되어, 봄의 색깔이 "은밀한 표정"을 짓는 것으로 귀결된다. 화자는 독자들도 그 변화를 알아차렸다는 것을 지금에야 깨달은 것처럼 말한다. 니코데머스는 예수께 인간이 다시 태어난다는 것이 어떻게 가능하냐고 물었던 사람이다. 마치 예수가 그에게 언덕들이 깨어나듯이, 꽃들이 다시 피어나듯이, 동물들이 봄의 활동을 다시 시작하듯이 너도 다시 태어날 수 있다고 대답해 주는 듯하다. 이 시는 연의 구분이 없이 행들을 계속 나열하며 행의 끝마다 대시를 사용하여 봄의 숨결이 연속적이고 전체적으로 미치고 있음을 나타낸다.

153 | 죽음이라는 불가사의

Dust is the only Secret —

Dust is the only Secret —
Death, the only One
You cannot find out all about
In his "native town."

Nobody know "his Father" —
Never was a Boy —
Hadn't any playmates,
Or "Early history" —

Industrious! Laconic!
Punctual! Sedate!
Bold as a Brigand!
Stiller than a Fleet!

Builds, like a Bird, too!

Christ robs the Nest —
Robin after Robin
Smuggled to Rest!

흙먼지가 유일한 비밀이다—

흙먼지가 유일한 비밀이다—
죽음은, 유일한 비밀이다
네가 모든 것을 알아낼 수는 없다
그의 "고향 마을"에 가서도.

아무도 "그의 아버지"가 누군지 모르며—
그는 소년인 적도 없고—
놀이친구도 갖고 있지 않으며,
"어린 시절 기록"도 없다—

근면 성실하다! 말수가 적다!
시간 약속에 한 치 오차가 없다! 침착하다!
도적처럼 대담하다!
함대보다도 더 고요하다!

새처럼, 제집을, 짓기도 한다!
그리스도가 그 둥지를 약탈한다—

한 마리씩 울새를
몰래 빼내 왔다 편히 쉴 수 있도록!

▨ ■ ■ **해설**

우리가 묻히게 되는 흙먼지의 세계, 즉 죽음의 불가사의는 우리들 인간에게 영원히 비밀로 남겨질 것이다. 그런데 죽은 후에 어떻게 될 거라고 생각하느냐가 우리가 어떻게 살아야 하는지를 결정하게 한다. 이 시에서 디킨슨은 죽음의 불가사의를 매우 장난스러운 방식으로 접근한다. 그녀는 죽음을 의인화하여 그것이 일반 사람들과 너무도 다르다는 데에 놀라워한다. 어떤 사람에 관해 알아보려고 할 때 우리는 그를 찾아가서 직접 살펴보거나 그의 고향 마을에 가서 그곳 사람들에게 물어본다. 그러나 죽음에 관해서는 그렇게 할 수 없다. 죽음의 아버지가 누구인지, 죽음의 어린 시절이 어땠는지 알 길이 없다. 세 번째 연에서 화자는 그[죽음]의 친구들이나 지인들이 그[죽음]가 가지고 있다고 말해줄 수 있는 여러 가지 특징을 과감하게 묘사한다: 열심히 일하는 것, 말수가 없는 것, 시간을 잘 지키는 것, 침착한 것, 대담한 것, 그리고 "함대보다도 더 고요한" 것 등. 사실 죽음보다도 더 고요하고 더 근면 성실한 것이 무엇이 있겠는가? 마지막 연에서 그리스도가 등장한다. 비록 죽음이 능력껏 재빨리 둥지, 즉 무덤을 짓지만 그리스도가 거기에서 영혼을 하나씩 훔쳐내 온다. 영혼이 하나씩 빼내져 천국의 휴식에 보내진다. 그리스도가 죽음이라는 새 둥지에서 영혼을 도둑질해 내온다는 발상이 재미있다.

167 | 고통과 환희의 역설

To learn the Transport by the Pain

To learn the Transport by the Pain
As Blind Men learn the sun!
To die of thirst—suspecting
That Brooks in Meadows run!

To stay the homesick—homesick feet
Upon a foreign shore—
Haunted by native lands, the while—
And blue—beloved air!

This is the Sovereign Anguish!
This—the signal woe!
These are the patient "Laureates"
Whose voices—trained—below—

Ascend in ceaseless Carol—

Inaudible, indeed,
To us — the duller scholars
Of the Mysterious Bard!

고통을 통해서 황홀을 배우는 것

고통을 통해서 황홀을 배우는 것
마치 장님이 태양을 배우듯이!
초원에 시냇물이 흐르는 걸 — 어렴풋이 느끼면서
목마름에 죽어가는 것!

향수병에 시달리는 것 — 향수병에 걸린 발걸음으로
외국의 해안을 걷는 것 —
그러는 동안, 고향 땅에 대한 생각에 사로잡혀서 —
그리고 푸르고도 — 사랑스러운 대기에 사로잡혀!

그것이 지고의 고뇌이다!
그것이 — 드높은 비애이다!
그들이야말로 참을성 있는 "계관시인들"이다
그들의 목소리가 — 아래쪽에서 — 훈련된 —

끊임없는 캐럴 소리 속에서 하늘로 오른다 —
정말이지, 들리지 않는다,

우리들―우둔한 학습자들에게는
그 신비로운 음유시인의 노래가!

■ ■ ■ **해설**

역설과 대비가 돋보이는 시이다. 화자는 "지고의 고뇌", 즉 극단의 고통이란 악을 최대로 경험함으로써 선의 최대치를 알게 되는 것이라고 말한다. 햇빛을 제대로 이해하는 데는 우리가 불을 끄거나 눈을 감아서 어둠을 경험하는 것으로는 충분하지 않다. 화자는 햇빛을 최대로 경험해서 이해할 수 있으려면 장님이 되어봐야 한다고 주장한다. 지독한 향수병에 시달리는 사람만이 고향 땅의 소중함을 진정으로 이해할 수 있다고도 한다. 고통을 통해서 환희를 경험하는 것이 환희를 가장 잘 이해하는 방식이다. 천국에 가닿는 기도를 올리는 성자들이야말로 그러한 역설을 완전하게 터득한 사람들이다. 그 성자들은 곤경에 처해서도 노래할 수 있고, 최악의 상태에서도 기쁨을 발할 수 있다. 그들은 거절당하고 박탈당하는 지고의 고뇌를 통해서 최고의 구원을 얻게 되는 사람들이다. 다시 말하면 그들은 인내심 강한 계관시인들, 즉 월계관을 쓴 승리자들이다. 그런데 우리는 그들 계관시인의 목소리를 들을 수 없고, 그것을 이해할 수도 없다. 마지막 연에서 그 성자들, 즉 계관시인들은 신비로운 음유시인인 하나님의 "캐럴" 소리를 들으며 하늘로 오르지만 "우둔한 학습자"인 우리는 그것을 듣지 못한다.

178 ㅣ 잃어버린 사랑

I cautious, scanned my little life —

I cautious, scanned my little life —
I winnowed what would fade
From what would last till Heads like mine
Should be a-dreaming laid.

I put the latter in a Barn —
The former, blew away.
I went one winter morning
And lo — my priceless Hay

Was not upon the "Scaffold" —
Was not upon the "Beam" —
And from a thriving Farmer —
A Cynic, I became.

Whether a Thief did it —

Whether it was the wind−
Whether Deity's guiltless−
My business is, to find!

So I begin to ransack!
How is it Hearts, with Thee?
Art thou within the little Barn
Love provided Thee?

나는 내 작은 일생을, 신중하게 재물조사 해보았다−

나는 내 작은 일생을, 신중하게 재물조사 해보았다−
사라질 것들은 지속될 것들로부터
키질해 날려버렸다 내 것과 같은 머리들이
꿈꾸며 놓여 있게−될 때까지.

지속될 것들은 창고에 두고−
사라질 것들은, 바람에 날려버렸다.
어느 겨울 아침에 가보았더니
그런데 웬걸−나의 소중한 볏단이

"가로대" 위에도 없었고−
들보 위에도 없었다−

그래서 나는 훌륭한 농부이기를 그만두고—
냉소주의자가, 되고 말았다.

도둑이 훔쳐 갔을까—
바람의 짓일까—
하나님도 혐의가 없지 않지는 않을까—
그것을 알아내는 것이, 내 사업이 되었다!

그래서 샅샅이 뒤져가며 찾기 시작한다!
심장들에 무슨 일이 일어난 거지, 그대와 함께?
그대가 아직 있는 건가 작은 창고 안에
사랑이 그대에게 제공했던?

▪▪▪ 해설

이 시는 수확한 농작물을 키질하는 상황에 대한 묘사로 시작된다. 그것은 가치 있는 부분과 가치 없는 부분, 알곡과 쭉정이를 분리하는 작업이다. 이런 은유는 성경에 나오는 것이다. 그러기 위해 화자는 우선 자신의 짧은 인생에 대해 면밀하게 재물조사를 실행한다. 그런 다음 덧없이 사라지게 될 것은 바람에 날려 버리고 자신의 인생에서 끝까지 지속될 것은 안전하다고 여겨지는 곳에 보관해 둔다. 그러나 안전한 곳이라고 여겼던 장소인 "창고"가 그다지 안전한 곳이 아니었음이 드러난다. 화자가 나중에 다시 가서 그 보물들을 찾아보았더니 그것들이 사라지고 없다. 화자는 자신의 부주의나 잘못 때문에 그런 일이 발생했다고 생각하지 않고, "냉소주의자"가 되어 이것저것 의심해 보고 심지어는 하나님도 혐의가 전혀 없지는 않다고 의심해 본다. 그렇다면 화자가 그처럼 소중히 여겼던 보물은 무엇인가? 마지막 연에서 화자는 그 보물을 "심장들"이나 "그대"라고 칭한다. 그녀는 그것을 다시 찾으려고 여기저기 뒤져보는 일을 자신의 "사업"으로 삼는다. 그리고 그녀는 그 보물들에게 직접 말한다. 그들에게 "무슨 일이 일어난 거지?" 그것들이 "그 창고 안에 아직 있는 건가?"라고. 따라서 창고는 화자 자신의 마음을 은유적으로 표현한 것이다. 사랑이 그 창고를 마련해 주었다. 보물은 화자가 사랑했던 사람들일 수도 있고 그녀가 소중히 여겼던 종교적인 가치일 수도 있다. 그래서 그녀는 그것들이 사라져버린 것을 알았을 때 냉소주의자가 되었다. 어쩌면 하나님의 짓일지도 모른다는 것이다. 우리는 종교에 대해서나 사랑에 대해서나 실망한 다음 냉소적으로 될 수 있다. 마지막 두 행은 짙은 연민의 정을 자아낸다. 그 표현들은 깊은 실망에 저항하는 최후의 희망을 반영한다. 어쩌면 그 보물들은 여전히 그곳에 있는지도 모른다. 다만 화자가 그것을 볼 수 없게 되었을 수도 있다.

182 | 죽은 후에 기억해 주는 데 대한 감사

If I shouldn't be alive

If I shouldn't be alive
When the Robins come,
Give the one in Red Cravat,
A Memorial crumb.

If I couldn't thank you,
Being fast asleep,
You will know I'm trying
With my Granite lip!

만약 내가 살아 있지 않다면

만약 내가 살아 있지 않다면
울새들이 찾아왔을 때,
나를 기리는 빵 조각 하나,

붉은 목도리를 한 녀석에게 던져주시길.

깊이 잠들어 있어서,
너에게 감사할 수 없다 해도,
감사를 표하려 하고 있음을 너는 알겠지
내가 화강암 입술을 달싹거리며!

■■■ **해설**

이 시의 화자는 묘지의 비석을 "화강암 입술"이라고 표현함으로써 죽음에 관해 가벼운 농담을 하는 듯한 어조를 취한다. 마치 죽어서 땅속에 묻힌 화자가 무언가 말을 하려고 입술을 달싹거리는 듯하다. 그녀는 자신이 죽고 나서 봄의 음유시인(Troubadour)인 울새들을 볼 수 없게 되는 것을 아쉬워한다. 모든 울새는 붉은 목도리를 했다. 따라서 화자는 어떤 특정한 울새가 아니라 모든 울새에게 그녀 자신을 추모하여 빵조각이 주어지기를 기원한다. 무엇보다도 "화강암 입술"이라는 은유가 이 시의 중심 메시지를 독특한 이미지로 표현한다.

189 | 하찮은 일들에 얽매인 삶

It's such a little thing to weep −

It's such a little thing to weep −
So short a thing to sigh −
And yet −by Trades −the size of these
We men and women die!

그건 슬퍼 울기에는 너무 사소한 일이야−

그건 슬퍼 울기에는 너무 사소한 일이야−
한숨짓기에도 너무 짧은 순간이야−
그런데도−그것들의 크기를 따져가며−거래하다가
우리들 남자들과 여자들은 죽어간다!

어떤 사람들은 생애 동안에 영웅적인 행동을 하거나 고상한 자기희생을 실천하면서 위대한 목표를 달성하기도 한다. 그러나 보통 사람들은 대부분 소로우(Henry David Thoreau)가 『월든』(*Walden*)에서 표현하듯이 "조용한 절망의 삶"을 살아간다. 셰익스피어의 『맥베스』(*Macbeth*)에서 주인공 맥베스는 자신의 아내의 죽음에 대해 이렇게 독백한다.

> 내일, 그리고 내일, 그리고 또 내일이
> 날마다 그 소심한 발걸음으로 천천히 나아간다
> 기록된 시간의 마지막 음절을 향해.

이 시에서 화자는 우리의 일생이 한 차례 흐느낌이나 한 번의 한숨처럼 "짧고" "사소한" 일들로 이루어진다고 말한다. 바로 그러한 사소한 거래 물품이나 거래 행위들이 우리의 일생이 지나가는 것을 표시해 주는 것들이다. 그리고 나서 우리는 죽는다. 일생의 덧없음에 대한 지극히 냉정한 어조의 표현이다.

193 | 나의 고난과 그리스도의 고난

I shall know why—when Time is over—

I shall know why—when Time is over—
And I have ceased to wonder why—
Christ will explain each separate anguish
In the fair schoolroom of the sky—

He will tell me what "Peter" promised—
And I—for wonder at his woe—
I shall forget the drop of Anguish
That scalds me now—that scalds me now!

나는 이유를 알게 되겠지—시간이 끝날 때—

나는 이유를 알게 되겠지—시간이 끝날 때—
그래서 나는 이유를 궁금해하는 것을 그만두었어—
그리스도가 각각의 고난들에 관해 설명해 주겠지

맑디맑은 하늘의 교실에서 말이야―

그는 "베드로"가 무슨 약속을 했는지 나에게 말해주겠지―
그러면 나는―그의 비애를 놀라워하며―
그 고난의 물방울을 잊게 될 거야
지금 나를 데치고 있는 고난을―지금 나를 데치고 있는 고난을!

▦▦■ 해설

이 시의 화자는 "시간이 끝나고" 한참 후에도, 즉 자신이 죽은 후에도 자신이 의식을 가지고 있을 것으로 가정한다. 그래서 지금 자기 삶에 일어난 고난의 이유를 궁금해하지 않기로 한다. 왜냐하면 나중에 그리스도가 그 이유를 설명해 줄 것이라고 생각하기 때문이다. 신약성경에 따르면 그리스도는 그의 마지막 날들에 큰 고통을 당했다. 배신당하고, 매질당하고, 십자가에 처형당했다. 이 시의 화자는 그 중에서도 베드로에 의한 배신을 가장 가혹한 비애로 판단한다. 화자가 죽은 후에 천국에서 그리스도가 화자가 겪은 각각의 고난에 대한 배경을 설명해 주고, 거기에 비교해 보도록 그리스도 자신이 겪은 배신을 말해줄 것이다. 화자는 그리스도의 그와 같은 고통에 비교해 보고 자신의 고뇌의 거센 물결을 작은 "물방울"이라고 표현한다. 그때쯤이면 화자는 지금 자신이 겪고 있는 "끓는 물에 데쳐지는" 듯한 고난을 아마도 잊게 될 것이다. 그러나 시의 결말에서 강조되는 것은 아이러니컬하게도 미래의 그러한 위안보다는 지금의 데쳐지는 듯한 고통이다. 그래서 "그 것이 나를 데치고 있다"고 반복해서 외친다. 우리는 고난을 겪으면서 언젠가 자신의 고통이 누군가에게 이해될 것이라고 희망한다. 그리고 시간이 지나면서 다른 사람들도 못지않게 고통당하고 있다는 것을 알게 되는 데서 위안 받는다. 혹은 하나님이 우리의 고통을 주관하는 데는 큰 계획이 있을 것이라고 받아들일 수도 있다. 그럼에도 불구하고 지금 당장 겪고 있는 이 고통과 괴로움을 어찌할 수는 없다.

For this — accepted Breath —

For this — accepted Breath —
Through it — compete with Death —
The fellow cannot touch this Crown —
By it — my title take —
Ah, what a royal sake
To my necessity — stooped down!

No Wilderness — can be
Where this attendeth me —
No Desert Noon —
No fear of frost to come
Haunt the perennial bloom —
But Certain June!

Get Gabriel — to tell — the royal syllable —
Get Saints — with new — unsteady tongue —

To say what trance below
Most like their glory show—
Fittest the Crown!

이것을 위해서—호흡을 받아들였어—

이것을 위해서—호흡을 받아들였어—
그것을 통해서—죽음과 경쟁하지—
그 녀석은 이 왕관을 만질 수 없어—
그 왕관에 의해—내 직함이 순응하네—
아, 얼마나 고귀한 목적인가
내 필수품에—허리 구부리는 것은!

황무지가—될 수 없어
나를 몰입하게 했던 곳은 어디가 되었건—
정오는 사막이 될 수 없으며—
서리가 내릴 거라는 걱정이
다년생 꽃이 피어나는 것을 훼방할 수 없고—
어떤 6월만이 무성하네!

천사 가브리엘로 하여금—들려주도록 하렴—고귀한 말을—
성자들로 하여금—새롭지만—서툰 언어로—
말하게 하렴 이 세상 그 어떤 황홀경이

그들의 영광을 가장 닮아—
그 왕관에 가장 어울려 보이게 될 건지!

■■■ 해설

어떤 사람들은 자신이 하는 일을 영광스러운 천직이라고 말할 수도 있을 것이다. 시인으로서 디킨슨이 그렇게 주장한다. 그녀는 생전에 자신의 시로 세상으로부터 인정받지 못했고 심지어 알려지지도 않았었다. 그런데도 그녀는 홀로 자신의 방에서 시를 쓰고 또 썼다. 그녀가 세상을 떠나고 나서 그녀가 그처럼 많은 시를 써서 책상 서랍과 찬장에 간직해 놓은 것을 보고 심지어 그녀의 여동생도 놀랐다고 한다. 그 원고들은 정성스럽게 철해져서 작은 책의 형태로 보관되어 있었고, 그것들은 파시클(fascicles, 꽃차례, 분책)이라고 불린다. 디킨슨은 바로 그 재능을 위해서 숨 쉬며 살았다고 볼 수 있다. 시를 통해서 그녀는 결국 죽음을 초월하여 살아남게 되었다. 그녀가 시를 통해 이룩한 명성의 "왕관"은 죽음도 손댈 수 없는 것이다. 그녀에게 시는 신으로부터 허리 숙여 받은 일종의 필수품인 셈이다. 시는 그녀에게 어떤 특정한, 생명력이 무성한 6월과 같다. 그녀가 사막에 있든지 사람들로부터 수백 마일 떨어진 곳에 있든지 상관없다. 추운 날씨도 그녀의 시적 영감이 다년생 꽃을 피우는 것을 방해할 수는 없다. 마침내 그녀는 계시와 진리의 대천사인 가브리엘과 세상을 떠난 성자들을 불러서 그들에게 요구한다. 이 세상에서 과연 무엇이 천국의 왕관에나 버금갈 수 있는 황홀경을 경험하게 해줄 수 있는지 말해달라고. 그 요구에 대한 대답은 시를 쓰는 경험이 될 것이다.

204 | 저녁노을과 아침노을

A slash of Blue! A sweep of Gray!

A slash of Blue! A sweep of Gray!
Some scarlet patches—on the way—
Compose an evening sky—

A little purple—slipped between—
Some Ruby Trousers—hurried on—
A Wave of Gold—A Bank of Day—
This just makes out the Morning Sky!

칼에 한 차례 베인 푸른색! 빗자루에 한 차례 쓸린 회색!

칼에 한 차례 베인 푸른색! 빗자루에 한 차례 쓸린 회색!
몇몇 주홍색 조각들이—지나가는 길에—
저녁 하늘을 물들였다—

조그만 자줏빛이—그 사이에서 미끄러졌고—
몇몇 진홍색 바지가—급히 서둘러 갔다—
저장된 하루분의—황금빛 물결—
바로 그것이 아침 하늘을 물들인다!

■ ■ ■ **해설**

이 시는 두 점의 풍경화를 대비시키고 있다. 그것은 저녁노을과 아침 여명에 대한 단순한 스케치처럼 보인다. 첫 연은 저녁노을에 대한 단순한 묘사로 점점 짙어가는 회색 하늘에 한 차례 베인 듯한 푸른색이 대비된다. 주홍빛 조각들이 넓은 캔버스 같은 하늘에 간결한 강세를 준다. 그러나 그 주홍빛 조각들은 그것들이 지금 어딘가로 가고 있는 도중이라는 사실 때문에 앞으로 나타날 더욱 극적인 색깔들을 예고한다. 두 번째 연에서 화자는 동틀 녘 하늘을 한층 더 장난기 어린 어조로 묘사한다. 먼저 루비색 바지가 재빨리 나타난다. 마치 여명이 어딘가로 가려는데 조금 늦어서 그 진홍빛 바지를 다급히 입은 모습이다. 거기에다 화려한 색깔의 옷도 걸쳐 입은 모습이다. 아침 해가 지평선 위로 떠오르면서 나타나는 황금물결에 그날 하루를 위해 사용될 빛이 저장되었다고 표현하고 있다. 이 시는 빠른 움직임의 이미지가 두드러진다. 푸른색이 칼로 베인 듯한 모습이고, 회색은 빗자루로 한 차례 쓸린 모습이다. 주홍빛 조각들은 하늘을 가로질러 움직이고 있다. 새벽녘에 자줏빛이 미끄러지듯 제자리를 찾아 들어가고, 진홍색 바지가 급히 입혀지며, 황금빛이 물결치듯 움직인다. 그 모든 움직임이 하나의 캔버스에 정지된 모습으로 그려진다. 마치 노을빛 하늘에 대한 인상주의 그림 같다.

210 | 시와 은유

The thought beneath so slight a film—

The thought beneath so slight a film—
Is more distinctly seen—
As laces just reveal the surge—
Or Mists—the Apennine

그처럼 얇은 피막 아래서 생각이—

그처럼 얇은 피막 아래서 생각이—
더욱 선명하게 보이게 된다—
마치 레이스가 젖가슴의 융기를 살짝 드러내듯이—
혹은 안개가—아펜니노산맥을6) 드러내듯이

---

6) 아펜니노산맥은 이탈리아반도를 종주(縱走)하는 산맥이다.

■ ■ ■ **해설**

문학적 표현은 근본적으로 은유에 의존한다. 은유는 의미 위에 얇은 피막을 덮어 반쯤 가림으로써 그것을 더 잘 보이게 한다. 이 시는 디킨슨의 시학을 표현한다. 피막에 덮인 시를 어떤 각도로 들어 올려 빛에 비추어 보면 이전까지 보이지 않던 새로운 빛깔의 의미가 드러나게 된다. 그래서 시인은 이미지나 비유적 언어를 사용해서 변죽을 울림으로써 드러내려고 하는 의미를 보다 더 효과적으로 선명하게 보여줄 수 있다. 이 시에서 화자는 "레이스"와 "안개"라는 "피막"의 은유를 사용해서 드러내려고 하는 생각이나 의미를 효과적으로 표현할 수 있다고 말한다. 아름다운 레이스가 달린 셔츠 아래서 젖가슴의 융기된 부분이 벌거벗은 젖가슴보다 더 많은 것을 드러낸다는 것이다. 그것을 보는 사람의 마음이 세부적인 사항을 채워 넣을 수 있기 때문이다. 다시 말하면 독자의 상상력에 맡겨두는 부분이 있어야 한다. 이 시에서 사용된 두 번째 은유인 안개와 아펜니노산맥도 마찬가지 경우이다. 안개라는 피막에 살짝 가려진 산맥이 그 산의 위용이나 신비스러운 모습을 더 잘 보여줄 수 있다. 의미에 얇은 피막을 씌워서 반쯤 가리는 것이 의미를 무효로 하는 것이 아니라 오히려 그것을 더 잘 보이게 하는 것이다.

211 │ 영적 혹은 성적 희열

Come slowly — Eden!

Come slowly — Eden!
Lips unused to Thee —
Bashful — sip thy Jessamines —
As the fainting Bee —

Reaching late his flower,
Round her chamber hums —
Counts his nectars —
Enters — and is lost in Balms.

천천히 오라 — 에덴이여!

천천히 오라 — 에덴이여!
그대에게 허락된 적이 없는 입술이 —
수줍게 — 그대의 재스민 향을 한 모금 마신다 —

마치 까무러치는 벌이ㅡ

자신의 꽃에 뒤늦게 도착하여,
꽃의 침실 둘레에서 잉잉거리더니ㅡ
자신의 꿀을 짐작해 보고선ㅡ
들어가서ㅡ그리고 방향(芳香) 속에서 정신을 잃듯이.

■ ■ ■ 해설

화자는 황홀한 순간을 서둘러서 만끽하지 않고 최후의 순간에 긴장감을 늘려가며 "천천히" 맞이하고 싶다고 말한다. 일순간에 날아올라 천국에 들어가거나 낙원에 조급하게 들어가지 않으려는 심정을 표현한 것이다. 너무 성급하게 들이마신 행복이 사실 과도한 쾌락이거나 고통으로 귀결되는 경우가 종종 있다. 그래서 화자는 "천천히 오라"(Come slowly)라고 명령한 다음 근엄하고 느린 어조로 말을 잇는다. 첫 연은 매우 시각적이다. 수줍음 많은 어떤 사람이 에덴동산에 다가가는 듯한 상황이다. 그 사람은 향기 가득한 에덴의 재스민 꿀을 수줍은 듯 살짝 맛본다. 첫 연의 끝에서 힘이 빠져 실신할 듯한 꿀벌 한 마리가 등장한다. 그리고 연이 바뀐다. 벌의 상황을 이처럼 다음 연으로 이끌고 가는 것이 다시 한번 쾌락을 연기해 주는 효과를 준다. 두 번째 연은 더욱더 시각적이다. 꿀벌은 자신이 찾던 꽃에 도달해서 곧바로 그 꽃 속으로 쳐들어가지 않는다. 자기 꽃의 침실에 이르러 꿀벌은 비록 지친 몸이지만 꽃 속으로 들어가기 전에 자신의 꿀을 헤아려 보면서 잉잉거린다. 다분히 여성적이고 성적인 이미지이다. 특히나 마지막 연에서 그 꿀벌이 "들어가서ㅡ그리고 방향 속에서 정신을 잃듯이."라는 묘사가 그렇다. 그 행에 사용된 대시도 꿀벌이 꽃의 밀실로 들어가 자신이 그토록 원했던 꿀 속에서 넋을 잃는 모습을 표현하는 숨죽인 정지의 상황을 더욱 생생하게 부각한다. 관능적인 시이다.

214 | 자연이라는 술

I taste a liquor never brewed —

I taste a liquor never brewed —
From tankards scooped in pearl —
Not all the Vats upon the Rhine
Yield such an Alcohol!

Inebriate of air — am I —
And Debauchee of Dew —
Reeling — through endless summer days —
From inns of molten Blue.

When "Landlords" turn the drunken Bee
Out of the Foxglove's door,
When Butterflies — renounce their "drams" —
I shall but drink the more!

Till Seraphs swing their snowy Hats —

And Saints—to windows run—
To see the little Tippler
Leaning against the—Sun—

나는 양조장에서는 빚어진 적이 없는 술을 맛보네—

나는 양조장에서는 빚어진 적이 없는 술을 맛보네—
큼직한 술잔들에 떠 담겨 진줏빛 거품이 이는 술을—
라인 강변에 있는 양조장의 술 탱크들 중 어느 것도
이런 술을 빚지는 못하지!

공기를 마시고 주정뱅이가 되어—나는—
그리고 이슬을 마시고 난봉꾼이 되어—
취해 비틀거리며—끝없이 이어지는 여름날들 내내—
녹아내릴 듯 푸른 지붕의 주막들을 헤매 다니네.

술집 "주인장들"이 만취한 꿀벌을 돌려보낼 때도
디기탈리스꽃[7] 술집 출입문에서,
나비들이—잔에 남은 "한 모금"을 포기할 때도—
나는 여전히 더 마실 거야!

---

7) 폭스글러브는 현삼과의 디기탈리스(Digitalis) 속에 딸린 한 종으로 7월에서 8월에 통모양
   의 자줏빛 꽃이 핀다.

천사들이 눈처럼 흰 모자를 흔들어대고—
성자들이—창가로 몰려올 때까지—
햇살에—기대어 있는—
이 조그만 술꾼을 바라보기 위해서

■ ■ ■ **해설**

여름날 자연의 정취에 만취한 상태가 이 시의 주제이다. 이 시에는 다채로운 명사들과 동사들이 어지럽게 나열되어 있다. 여름날 자연에 흠뻑 취한 시인에게 완벽한 용어 선택이다. 그런 이미지를 통해서 평범한 자연 현상이 환상적인 것으로 변화한다. 머그잔에서 거품이 넘치는 맥주부터 큼직한 술잔들에 퍼 담아져 진줏빛 거품이 이는 생맥주에 이르기까지, 그리고 여름꽃들이 시들기 시작하자 꿀 모으기를 끝내는 꿀벌들부터 디기탈리스꽃 술집 문 앞에서 꿀벌들을 쫓아내는 주인장에 이르기까지, 상황이 어지럽게 바뀐다. 여름날 자연의 정취에 취한 상태가 마치 황홀경인 양 묘사된다. 여름꽃들이 꿀벌과 나비들을 위한 술집이 되어 있고, 그 술집들은 여름이 끝날 때까지 영업을 할 것이다. 라인 강변의 최고의 양조장도 이런 술을 빚지는 못한다. 여름날 공기조차도 취기를 더하게 만든다. 이슬방울 몇 모금에도 시인은 비틀거린다. 그 술집의 지붕, 즉 여름 하늘은 녹아내릴 듯 푸르다. 디기탈리스꽃 술집 주인이 이제 문을 닫겠다고 만취한 꿀벌을 내보낸다. 나비들은 마지막 잔에 남은 술을 더는 못 마시겠다고 거절한다. 그런데도 술꾼 화자는 굽힐 기미를 보이지 않는다. 결국 하루해가 기울면서, 천국에서 천사들이 눈처럼 흰 모자를 흔들며 모여들거나, 성자들이 창가로 몰려와 저 아래 세상에 고주망태가 된 귀여운 술꾼이 기운 햇살—햇살이 마치 가로등인 것처럼—에 기대어 앉아 있는 것을 내려다본다.

225 | 예수의 고통과 인간의 고통

Jesus! thy Crucifix

Jesus! thy Crucifix
Enable thee to guess
The smaller size!

Jesus! thy second face
Mind thee in Paradise
Of ours!

예수님! 당신께서 십자가에 못 박힌 고통이

예수님! 당신께서 십자가에 못 박힌 고통이
당신으로 하여금 헤아릴 수 있게 하기를
더 작은 크기의 고통을!

예수님! 당신께서 부활하여 갖게 된 두 번째 얼굴이

당신에게 천국에서 생각해 낼 수 있게 하기를
우리들의 얼굴을!

■ ■ ■ **해설**

우리의 일생은 고통을 쌓아가는 과정처럼 느껴지기도 한다. 기독교인들은 예수가 자신의 고통을 대신해 주고, 없애주기를 희망한다. 그러나 이 시의 화자는 예수가 자신의 고통을 없애주기를 기도하는 대신에 그가 그것을 단지 짐작해 주기를, 이해해 주기를 희망한다. 화자는 예수가 십자가에 못 박히는 엄청난 고통을 겪었으니 평범한 인간인 우리가 겪는 더 작은 아픔을 이해해 줄 것이라고 소망한다. 그녀는 예수가 인간의 고통을 없애주는 초월적인 존재이기를 바라는 것이 아니라, 그것에 공감해 주는 인간적인 존재이기를 바란다. 두 번째 연에서 화자는 예수가 부활하여 갖게 된 두 번째 얼굴이 우리가 천국에 갔을 때 그에게 우리의 인간적인 얼굴을 기억해 내게 해주기를 희망한다. 인간 예수가 부활하여 천국에서 우리 인간의 모습을 알아봐 주기를 바라는 것이다. 화자는 지금의 삶에서뿐만 아니라 나중에 천국에서도 인간으로서의 예수와 공감하고 싶다. 삶의 고통과 죽음을 함께 겪은 동료로서 이해받고 싶은 것이다.

228 | 저녁노을의 순간

Blazing in Gold and quenching in Purple

Blazing in Gold and quenching in Purple
Leaping like Leopards to the Sky
Then at the feet of the old Horizon
Laying her spotted Face to die
Stooping as low as the Otter's Window
Touching the Roof and tinting the Barn
Kissing her Bonnet to the Meadow
And the Juggler of Day is gone.

황금빛으로 타오르는가 싶더니 자줏빛으로 꺼져 내리고

황금빛으로 타오르는가 싶더니 자줏빛으로 꺼져 내리고
표범들처럼 하늘 높이 뛰어오르는가 싶더니
어느새 오래된 지평선의 발부리에서
임종에 이르러 반점이 있는 그녀의 얼굴을 내려놓은 채

수달의 창문만큼 낮게 웅크리고
지붕을 만지는가 싶더니 헛간을 엷게 물들이고
보닛을 수그려 목초지에 키스하더니
그러고는 낮의 곡예사가 사라져버렸다.

▒ ▪ ■ 해설

이 시는 석양이 금빛 불길로 타오르는가 싶더니 어느새 자줏빛으로 꺼져가는 순간을 묘사한다. 지는 해의 모습이 마치 찬란한 금빛과 자줏빛으로 얼굴을 색칠하고 얼룩덜룩한 옷을 입은 "곡예사"(Juggler)가 관객들 앞에서 현란하게 물건을 던져 올리며 저글링을 하는 상황에 비유된다. 그리고 그처럼 해가 지는 과정이 연속적이고 매우 빠르게 진행된다. 여러 마리 표범이 날뛰는 것처럼 보이더니 금세 죽음에 이르러 얼룩진 얼굴을 내려놓고, 수달이 나뭇가지들로 강에 지어놓은 댐 높이만큼이나 낮게 몸을 웅크리더니 마지막 노을빛으로 지붕을 물들이고 헛간을 더 엷은 색으로 색칠하더니, 서커스의 곡예사가 그날의 공연을 마치듯이 지는 해가 지평선 아래로 가라앉아 버린다. 관객들이 넋을 잃고 바라보는 사이에 그 곡예사는 공연을 마치고 사라진다. 화자는 대부분의 행에서 현재 진행형 동사(blazing이나 quenching, leaping, laying, stooping, touching, kissing)를 사용하여 앉은 자리에서 하루해가 저물어 사라지는 현상을 끊김 없이 묘사한다. 디킨슨만의 대시 사용도 없다. 마치 순식간에 펼쳐졌다가 끝나는 현란한 곡예 쇼를 보는 것 같다.

233 | 시적 영감

The Lamp burns sure −within −

The Lamp burns sure −within −
Tho' Serfs −supply the Oil −
It matters not the busy Wick −
At her phosphoric toil!

The Slave −forgets −to fill −
The Lamp −burns golden −on −
Unconscious that the oil is out −
As that the Slave −is gone.

그 램프는 분명히 타고 있다−안에서−

그 램프는 분명히 타고 있다−안에서−
노예가−기름을 부어넣는다 할지라도−
바쁜 심지는 신경을 쓰지 않는다−

자신의 인광을 발하며 분투하느라!

그 노예가―깜빡한다―기름을 채워 넣는 것을―
그래도 램프는―금빛 불꽃으로 탄다―계속―
기름이 떨어졌다는 것도 모르고―
노예가 가버리고―없어서.

물질적인 세계에서 램프에 기름이 떨어지면 불은 더 이상 타지 못한다. 따라서 램프에는 하인이 기름을 제때 채워 넣어줘야만 한다. 또한 그 램프가 사람들이 마음속에 품고 있는 야망을 상징한다면, 거기에는 세상사에 지배당하는 동기나 욕망이 있어야만 한다. 그러나 이 시의 화자가 주장하는 마음속의 "그 램프"는 기름을 보충해 줄 필요가 없고 그것을 위해 억지로 봉사해야 하는 누군가가 필요하지 않다. 화자의 내면 램프에서는 심지 홀로 인광을 발하느라 애쓰고 있고, 물질적 세계의 조건이 어떠냐와 상관없이 계속해서 불꽃이 타오른다. 그 내면의 불길이 시적 영감일 수도 있고 마음속에 간직한 어떤 숭고한 사랑일 수도 있겠다. 모든 물질적 관심과 욕망, 심지어는 자신의 신체적 욕구도 초월하는 절대적인 정신적 지향을 내면의 램프불로 은유화했다. 디킨슨의 정신의 힘을 보여주는 또 한 편의 시이다.

241 | 고통의 진실

I like a look of Agony,

I like a look of Agony,
Because I know it's true—
Men do not sham Convulsion,
Nor simulate, a Throe—

The eyes glaze once—and that is Death—
Impossible to feign
The Beads upon the Forehead
By homely Anguish strung.

나는 고뇌의 표정을 좋아해,

나는 고뇌의 표정을 좋아해,
그것이 진실하다는 것을 알기 때문에―
사람들은 경련을 가장하지 않지,

격통을, 꾸며내지도 않아—

눈빛이 한번 흐려지면—그러면 그게 죽음이야—
가장한다는 게 불가능하지
순수한 번민으로 엮인
묵주 같은 이마 주름을.

▒▒■ 해설

복도에서 마주치는 이웃 사람의 거짓 미소보다도 그의 고통스러운 표정을, 그것이 더 진실하기 때문에, 더 좋아한다는 것은 너무 가혹한 태도이고, 지나치게 고지식하다 할 수 있다. 죽어가면서 이마에 짓는 고통스러운 주름을 순수한 고뇌로 엮인 묵주에 비유한 것도 다소 지나친 주장처럼 보일 수 있다. 또한 고통스러운 표정만이 순수한 표현이라고 말할 수도 없다. 우리는 미소나 웃음을 꾸며내는 것 못지않게 종종 고통스러운 척하기도 하기 때문이다. 그런데도 고통을 가장하는 것보다 미소를 가장하는 것이 심리적으로 더 용이하고 그만큼 더 교활하다. 더욱이 죽어가는 사람이 나타내는 경련이나 고통스러운 표정을 진정성의 상징으로 비유하는 것은 결코 지나친 표현이 아니다. 죽어가는 사람이 자신의 눈동자에 생기는 흐릿한 박막(薄膜)을 꾸며낸다는 것은 불가능하다. 우리가 수많은 표정을 가식적으로 지어낼 수 있다고 해도 그것만은 안 될 것이다. 그것이 아마도 가장 정직하고 진실한 눈동자일 수 있다. 이 시의 주제는 십자가에 못 박혀 죽어가는 예수의 고통스러운 표정과도 연결된다.

245 | 사랑의 추억

I held a Jewel in my fingers—

I held a Jewel in my fingers—
And went to sleep—
The day was warm, and winds were prosy—
I said "'Twill keep"—

I woke—and chid my honest fingers,
The Gem was gone—
And now, an Amethyst remembrance
Is all I own—

나는 보석 하나를 손에 꼭 쥐고—

나는 보석 하나를 손에 꼭 쥐고—
그리고 잠이 들었어—
날은 따뜻했고, 바람은 밋밋했어—

나는 말했지 "간직될 거야"라고—

깨어나서—내 정직한 손가락들을 꾸짖었어,
그 보석이 사라져 버렸어—
그리고 지금, 자수정 추억만이
내가 가진 전부야—

▒▒■ 해설

잃어버린 사랑을 추억하는 시이다. 연인이나 혹은 그 연인에 대한 사랑의 감정이
보석에 비유되었다. 매우 평범한 은유이다. 사랑의 계절은, 아마도 그것은 여름이
겠고, 따뜻하고 바람도 온화하며 잔잔하고 향기로워서 영원히 지속될 것처럼 느
껴진다. 그러나 그런 사랑도 빠져나가고 사라진다. 그리고 기억만 남는다. 화자는
잃어버린 사랑에 대해 자책하거나 괴로워하는 대신에 그것을 되새겨 보고 잔잔하
게 받아들인다. 화자는 보석을 잃어버린 데 대해 일단 "정직한 손가락들"을 꾸지
람한다. 그러나 사실 그것은 자신의 잘못이 아니고 심지어 손가락의 잘못도 아니
다. 손가락들은 정직했다. 보석은, 연인은 어차피 떠나게 되어 있었다. 잠도 자지
않고 지켜야만 하는 보석이라면 그것은 우리에게 진정 소중한 건 아닐 것이다. 그
결과 화자는 "자수정 추억"에서 자신만의 위안을 얻는다. 그것이야말로 화자에게
소중할 것이다. 이 시의 어조는 차분하다. 비록 연인을 잃었지만 격한 감정은 찾
아볼 수 없다. 대신에 운율이나 소리, 의미에서 담담하고 조용하게 받아들이고 되
돌아보며 자신만의 감정을 소중히 간직하는 태도가 잘 드러난다. "자수정 추억"이
그것을 표현하는 독특하고도 압축적인 은유이다.

246 | 사랑 표현과 그 한계

Forever at His side to walk —

Forever at His side to walk —
The smaller of the two!
Brain of His Brain —
Blood of His Blood —
Two lives — One Being — now —

Forever of His fate to taste —
If grief — the largest part —
If joy — to put my piece away
For that beloved Heart —

All life — to know each other
Whom we can never learn —
And bye and bye — a Change —
Called Heaven —
Rapt neighborhoods of men —

Just finding out−what puzzled us−
Without the lexicon!

영원히 그의 곁에서 걷기 위해−

영원히 그의 곁에서 걷기 위해−
두 사람 중에 더 작은 사람으로!
그의 두뇌 속의 두뇌−
그의 핏속의 피가 되어−
두 생명이−하나가 되고자−이제−

영원히 그의 운명을 맛보기 위해−
슬픔이라면−가장 큰 몫을 맛보겠고−
기쁨이라면−내 몫을 양보하고자
사랑하는 그 심장에게−

일생 동안−결코 알 수 없는
서로를 알기 위해−
그러고는 이윽고−천국이라고 불리는−
단 한 번의 변화가−
황홀해하는 이웃 사람들 속에서−
단지 알아내기를−무엇이 우리를 당혹스럽게 했었는지−
그런 어휘가 없이도!

■■■ 해설

이 시의 시작 부분은 한창 사랑에 빠진 화자가 자기 애인에게 갖는 극히 보편적인 심정을 표현한다. 영원히 그의 곁에서 걷고 싶다거나 두 사람이 하나가 되고 싶다거나 하는 표현이 그것이다. 두 번째 연에서 화자는 자기 연인의 운명을 일생 동안 함께할 식사 음식으로 표현한다. 그리고 그게 슬픔이라면 자신이 그것의 "가장 큰 몫"을 맛보겠다고 하고, 그것이 기쁨이라면 자기 몫을 연인에게 양보하겠다고 말한다. 마지막 연에서 화자는 그처럼 완벽하게 이해되는 관계나 하나 되는 삶을 소망한다고 해도 그것이 이 세상에서는 불가능할 거라고 생각한다. 이 세상에서 사랑의 감정을 표현하기 위해서 우리는 "어휘"에 의존할 수밖에 없고, 결국 그것은 서로를 진정으로 알지 못하는 상태에 남겨둔 채 끝나게 될 것이기 때문이다. 언어는 사람의 마음을 표현하거나 이해하는 데 불충분한 도구일 수밖에 없다. 아마도 이 세상의 삶이 끝나고 천국에서의 삶이라고 불리는 "변화"가 일어나서야, 즉 천국에서의 결혼 생활이라는 새로운 상태에 이르러서야 비로소 화자와 그녀의 연인은 이 세상에서 서로 이해할 수 없었던 것이 무엇이었는지 마침내 알게 되리라고 예상한다. 그때는 우리가 자신을 표현하고 서로 이해하기 위해서 의존하는 어휘들이 필요하지 않을 것이다.

250 | 시 창작에 대한 다짐

I shall keep singing!

I shall keep singing!
Birds will pass me
On their way to Yellower Climes —
Each — with a Robin's expectation —
I — with my Redbreast —
And my Rhymes —

Late — when I take my place in summer —
But — I shall bring a fuller tune —
Vespers — are sweeter than Matins — Signor —
Morning — only the seed of Noon —

나는 계속해서 노래하게 될 거예요!

나는 계속해서 노래하게 될 거예요!

새들이 나를 지나쳐 가겠죠
더 따뜻한 기후를 찾아 떠나는 길에 말예요―
각기―울새의 기대를 하나씩 품고서―
나는―나의 울새와 더불어―
그리고 나의 운율로 노래할 거예요―

늦었죠―내가 여름에 자리를 잡았을 때는―
그러나―나는 더욱 충만한 선율로 노래하게 될 거예요―
저녁기도가―아침기도보다 더 달콤하니까요― 선생님―
아침은―오후의 씨앗일 뿐이에요―

■ ■ ■ **해설**

생전에 자기 시에 대해 평론가들로부터 인정받지 못했던 디킨슨이 자신의 시적
작업을 스스로 평가하고 전망하는 시이다. 화자는 "더 따뜻한 기후"를 찾아 떼 지
어 몰려가는 울새와 같은 다른 시인들을 바라보고, 자신은 남아서 자신만의 울새
와 자신만의 운율로 노래하겠다고 다짐한다. 당장에는 다른 울새들의 노래가 낭
랑하게 울려 퍼지고 관심을 끌지만 그들은 몰려갈 것이고, 머잖아 그들의 노랫소
리는 사라지게 될 것이다. 하지만 여름이 되어서야 자리 잡은 화자 자신의 울새는
비록 늦었지만 더 충만한 노래를 부르게 되리라고 말한다. 두 번째 연에서 화자는
"아침기도"와 "저녁기도"를 대비시킨다. 저녁기도가 아침기도보다 더 풍성하고 달
콤하다는 것이다. 아침기도는 주로 희망이나 기대를 담지만 저녁기도는 성숙하고
완성된 하루의 경험을 담게 되기 때문이다. 아침은 한낮을 위한 씨앗에 불과하다.
오후가 되어야 성장하고 꽃 피고 열매 맺는 것을 경험한다. 저녁기도에는 낮에 한

경험의 그런 충만함이 담기게 된다. 이탈리아어인 "선생님"(Signor)이라는 호칭은 디킨슨의 시를 혹평하는 평론가들을 가리킨다. 그들이 본 건 나의 아침에 불과하다는 것이다. 디킨슨은 자신의 시를 출판하려는 데 급급하지 않고, 하나하나 한 장 한 장 써 모아 그것들을 묶어 소위 파시클(fascicles) 혹은 총상 꽃차례 다발처럼 만들어 두었다. 디킨슨은 당시를 위한 시를 쓰지 않았고 미래를 위한 시를 썼으며, 아침기도의 시를 쓰지 않았고 저녁기도의 시를 썼다.

251 | 유혹과 욕망

Over the fence —

Over the fence —
Strawberries — grow —
Over the fence —
I could climb — if I tried, I know —
Berries are nice!

But — if I stained my Apron —
God would certainly scold!
Oh, dear, — I guess if He were a Boy —
He'd — climb — if He could!

울타리 너머로 —

울타리 너머로 —
딸기들이 — 자라 오르네 —

울타리 너머로—
나는 올라갈 수 있었지—마음만 먹었다면, 나는 그걸 알아—
딸기가 먹음직스럽네!

하지만—내가 앞치마를 더럽힌다면—
하나님은 틀림없이 꾸짖을 거야!
오, 저런,—내 생각으론 그분이 소년이라면—
그분도—울타리를 올라갈걸—그럴 수만 있다면!

■ ■ ■ 해설

금지된 것을 욕망하는 심정을 표현한 시이다. 금지된 것은 보통 유혹적인 모습을
보인다. 그것이 울타리 너머로 자란 탐스러운 딸기로 은유화되었다. 욕망과 유혹,
욕망의 대상을 얻으려는 행위가 긴장 상태를 유지한다. 거기에 단순히 욕구 충족
을 넘어서는 도덕의식이 개입한다. "앞치마를 더럽히는" 얼룩이 그것이다. 하나님
은 딸기를 따 먹는 것을 문제시하는 것이 아니라 그 과정에서 생기게 될 얼룩을
문제시할 것이다. 그러나 이 시의 화자는 아이러니하고 다소 장난스러운 어조로
하나님의 이중성을 지적한다. 그분도 똑같은 욕구를 가지고 있으리라 추정한다.
화자 자신은 울타리를 올라갈 수 있는데도 단지 욕망하기만 할 뿐 감히 올라가지
못하지만, 소년 하나님은 할 수만 있다면 올라갈 거라고 추정한다. 아마도 소녀
화자보다는 소년 하나님이 행동에 옮길 가능성이 크다는 말이겠다.

254 | 희망

"Hope" is the thing with feathers—

"Hope" is the thing with feathers—
That perches in the soul—
And sings the tune without the words—
And never stops—at all—

And sweetest—in the Gale—is heard—
And sore must be the storm—
That could abash the little Bird
That kept so many warm—

I've heard it in the chillest land—
And on the strangest Sea—
Yet—never—in Extremity,
It asked a crumb—of Me.

"희망"은 깃털을 가진 녀석이야—

"희망"은 깃털을 가진 녀석이야—
영혼의 나뭇가지에 내려앉아—
그리고 무언의 곡조로 노래하며—
그리고 결코—노래를 멈추지 않는—

그리고 폭풍 속에서—가장 아름답게—들리지—
그리고 그 폭풍은 틀림없이 혹독하지—
그것이 그 작은 새를 부끄럽게 할 수 있어
그처럼 많은 온기를 간직한 새를—

나는 그 소릴 들은 적 있어 가장 냉혹한 땅에서도—
그리고 가장 낯선 바다에서도—
그러나—그처럼 극한의 상황에서도—결코,
빵 한 조각 요구하지 않았어—나에게.

■■■ **해설**

첫 행에서 "희망"을 노래하는 새에 비유함으로써 시의 주제를 대담하게 제시한다. 그러나 새라는 직접적인 표현을 사용하지 않고 "깃털을 가진 녀석"이라고 표현한다. 희망은 언어적으로 정의되기 전에 먼저 마음으로 느껴지기 때문이다. 그것은 영혼의 횃대에 내려앉아 무언가(無言歌)를 노래하지만 어떠한 상황에서도 그 노래를 멈추지 않는다. 아이러니하게도 희망이라는 새의 노래는 거친 폭풍우가 치는 상황에서 가장 아름답게 들린다. 폭풍 속에서 그 새는 비록 웅크릴지라도 작은 몸에 무한한 온기를 담고 있다. 세 번째 연에서도 삶의 조건은 가혹하기만 하다. 우리는 가장 냉혹한 땅이나 가장 낯선 바다에서도 그 새 소리를 들을 수 있다. 그럼에도 불구하고 그 새는 주인인 나에게 그 어떤 요구사항도 없다. 그 자체로서 절대적인 존재이다. 우리는 그 어떤 상황에서도 희망의 소리를 들어야만 하고 들을 수 있는 것이다.

255 ︳ 죽음과 망각

To die—takes just a little while—

To die—takes just a little while—
They say it doesn't hurt—
It's only fainter—by degrees—
And then—it's out of sight—

A darker Ribbon—for a Day—
A Crape upon the Hat—
And then the pretty sunshine comes—
And helps us to forget—

The absent—mystic—creature—
That but for love of us—
Had gone to sleep—that soundest time—
Without the weariness—

죽는다는 건-그저 잠시면 돼-

죽는다는 건-그저 잠시면 돼-
아프지도 않다고들 하더군-
그건 단지 점점 더-희미해지다가-
그러다가-보이지 않게 되는 거라고 하더군-

그건 하루 동안만 다는-검은 리본-
모자에 두르는 검은 상장이야-
그러고 나서 예쁜 햇빛이 들어-
그리고 우리가 잊어버리도록 도와주지-

부재하며-신비로운-피조물을-
우리의 사랑이 없다면-
잠자리에 들었을-가장 무르익은 시간에-
지치는 일 없이-

■ ■ ■ 해설

죽음이라는 현상의 아이러니한 양상을 묘사하는 시이다. 첫 연은 그것이 아무런
고통도 없이 순식간에 일어나는 현상이고 의식이 점점 희미해지다가 사라져버리
는 것이라고 묘사한다. 두 번째 연은 상을 치르는 사람들의 모습을 묘사한다. 딱
하루 동안만 검은 리본을 달거나 혹은 모자에 상장(喪葬)을 두르고 나서 다음 날

아름다운 햇빛을 보면 죽은 자를 잊게 된다. "부재하는" 사람들, 즉 죽은 사람들을 "신비로운 피조물"이라고 표현한 것이 아이러니컬하다. 죽음 이후의 존재 상태는 우리에게 영원히 신비이고 미스터리이다. 다만 사랑하는 가족과 조문객들의 요란한 슬픔과 눈물, 이야기와 장례의식이 없다면 죽은 자는 기진맥진하게 되는 일이 없이 편안하고 깊은 잠에 빠져들 거라고 말한다. 우리는 죽은 자에 대해서 슬퍼하며 울어댐으로써 죽은 자를 피곤하게 하다가, 그저 하루 이틀 정도 어둡고 고된 장례식을 마치고 나면 금세 잊고 밝은 햇빛 속에서 다시 각자 자신의 삶을 영위한다. 단지 잠시 슬픔에 빠졌다가 삶은 다시 계속된다.

259 | 죽음의 불가지성

Good Night! Which put the Candle out?

Good Night! Which put the Candle out?
A jealous Zephyr—not a doubt—
Ah, friend, You little knew
How long at that celestial wick
The Angels—labored diligent—
Extinguished—now—for You!

It might—have been the Light House Spark—
Some Sailor—rowing in the Dark—
Had importuned to see!
It might—have been the waning Lamp
That lit the Drummer—from the Camp—
To purer Reveille!

잘 자! 어떤 것이 촛불을 껐나?

잘 자! 어떤 것이 촛불을 껐나?
시샘하는 서풍이—틀림없이—
아, 친구여, 넌 잘 모르지
얼마나 오랫동안 천상의 심지에
천사들이—부지런히 수고했는지—
그들이 그걸 꺼버렸어—지금—너를 위해!

그건—등대 불빛이었는지도 몰라—
어떤 선원이—어둠 속에서 노 저으며—
애타게 보고 싶어 했던!
그건—꺼져가는 램프였는지도 몰라
북 치는 병사를 밝혀주었던—주둔지로부터—
더 순수한 기상나팔 소리로!

■ ■ ■ **해설**

사람이 각각 언제, 왜, 어떻게 죽는지에 관해 명상하는 시이다. 우리가 그것을 알거나 이해한다는 것은 불가능하다. 영원한 불가사의이기 때문이다. "촛불" 즉 생명을 꺼버리는 행위자를 사람인 누구(Who)로 칭하지 않고 "어떤 것"(Which)으로 칭한 것은 그 주체가 인간적 차원이 아닌 신적, 우주적 차원이기 때문일 것이다. 촛불은 입김이나 바람, 손가락 등 여러 가지 원인으로 꺼질 수 있다. 그러나 이 시에서는 "시샘하는 서풍"이 그 역할을 한다. 이어서 촛불의 이미지가 밤하늘 별빛이나 어두운 밤바다의 "등대 불빛"으로 확장된다. 천사들이 "천상의 심지"를 돌보고 돋우기 위해서, 즉 밤하늘에 별빛을 비추기 위해서 부지런히 일한다. 그런데도 서풍이 몰고 온 구름에 순식간에 별빛이 가려져 버린다. 촛불에서 별빛, 등대 불빛으로 확장되어 온 이미지가 시의 끝부분에서는 "램프" 불빛으로 이어진다. 그것은 군대 주둔지에서 북을 치던 병사가 죽어가며 마지막으로 보는 램프 불빛이다. 그 병사는 그 마지막 불빛을 보고 곧바로 더 순수한 천상의 나팔소리를 들으며 천국으로 인도될 것이다. 인명은 재천이다. 그 누구도 그 시기를 알 수 없으며, 부지런히 노력한다고 해서 죽음이 막아지는 건 아니다.

262 ┃ 초월적 경험

The lonesome for they know not what—

The lonesome for they know not What—
The Eastern Exiles—be—
Who strayed beyond the Amber line
Some madder Holiday—

And ever since—the purple Moat
They strive to climb—in vain—
As Birds—that tumble from the clouds
Do fumble at the strain—

The Blessed Ether—taught them—
Some Transatlantic Morn—
When Heaven—was too common—to miss—
Too sure—to dote upon!

고독한 사람들은 그것이 무엇인지 모르기 때문에 —

고독한 사람들은 그것이 무엇인지 모르기 때문에 —
동양의 망명객들이 — 되었을 거야 —
호박빛 선 너머로 길을 잃었던
어느 진홍색 공휴일에 —

그리고 그들은 그 후로 — 자줏빛 해자를
오르려고 애쓴다 — 헛되이 —
구름 속으로부터 굴러떨어지는 — 새들이
가락을 더듬어 찾듯이 —

그 축복받은 창공이 — 그들에게 가르쳤다 —
대서양을 가로지르는 어느 아침을 —
천국이 — 너무나 흔한 것이어서 — 놓칠 리 없었고 —
너무도 확실해서 — 홀딱 빠질 수 없었을 때!

■■■ **해설**

디킨슨의 시대에 미국은 초월주의(Transcendentalism)의 시대였다. 에머슨(Ralph
Waldo Emerson)이나 소로우(Henry David Thoreau)가 특유의 사상을 설파하고 실
행했다. 초월주의 사상가들은 인간이 자연 속에서 명상함으로써 어떤 초월적 · 영
적 환희를 경험할 수 있다고 생각했다. 이 시는 그런 초월적인 영적 경험을 노래

한다. 그런 경험은 동양의 망명객들이 진홍빛(madder) 축제일에 가질 수 있지만, 우리들뿐만 아니라 그들 자신도 그 경험의 본질이 무엇인지 알지 못한다. 동쪽 하늘 여명을 나타내는 "호박빛 선 너머로 길을 잃어"버리는 일종의 환각 상태라고 볼 수 있다. 특별한 예술적 경험의 신비주의적 특성을 나타낸다고도 볼 수 있다. 불교의 열반도 이러한 초월적 경험의 영역에 속한다. 일단 그것을 경험한 사람들은 다시 그것을 경험하려고 애쓴다. 마치 새들이 구름 속까지 높이 날아올랐다가 굴러떨어지면서 자신들의 노래를 더듬어 찾으려고 하는 것처럼. 마지막 연에서 "에테르"(Ether)라는 표현은 동양의 망명객들의 '환각제'나 새들의 '창공', 그 두 가지를 동시에 의미한다. 초월주의자들은 대서양을 가로질러 우주에 퍼져 있는 어떤 아름다운 영적 상태를 경험한다. 그들이 경험하는 그런 초월적 상태는 역설적으로 너무나 흔한 것이어서 놓칠 리 없으며 너무도 확실한 것이어서 특별히 숭배할 필요도 없다. 그런데도 그 경험은 우리의 오감으로 확인될 수 없고 이성으로 입증될 수 없는 것이다. 그래서 그 망명객들은 고독하다.

268 | 고결한 변화

Me, change! Me, alter!

Me, change! Me, alter!
Then I will, when on the Everlasting Hill
A Smaller Purple grows—
At sunset, or a lesser glow
Flickers upon Cordillera—
At Day's superior close!

내가, 변한다고! 내가, 바뀐다니!

내가, 변한다고! 내가, 바뀐다니!
그럼 내가 변할게, 영원의 언덕 위에
더 작은 진홍빛이 자라날 때—
해질녘에, 혹은 더 옅은 노을빛이
안데스산맥 위에 깜빡이며—
하루가 우월하게 마감하는 순간에나!

화자는 누군가와 대화하고 있고 그 누군가가 그녀에게 그녀의 감정이 변할 거라고 말하는 것을 듣고 충격을 받아 화가 난 모습이다. 그리고 화자 자신은 혹시 변한다 해도 영원의 언덕 위로 펼쳐지는 노을빛처럼 변하겠노라고 항변한다. 그것은 일시적인 변덕이 아니라 시간을 초월하는 어떤 장엄하고 궁극적인 변화, 즉 변화의 끝판을 보여준다. 그것은 영속적인 변화이다. 코덜레어러(Cordillera)는 남미 대륙을 종단하는 안데스산맥을 가리킨다. 자신의 감정이나 삶에 대한 믿음과 의지, 그 일관성을 스스로 다지는 시이다.

276 | 장엄한 자연의 소리

Many a phrase has the English language —

Many a phrase has the English language —
I have heard but one —
Low as the laughter of the Cricket,
Loud, as the Thunder's Tongue —

Murmuring, like old Caspian Choirs,
When the Tide's a' lull —
Saying itself in new inflection —
Like a Whippoorwill —

Breaking in bright Orthography
On my simple sleep —
Thundering its Prospective —
Till I stir, and weep —

Not for the Sorrow, done me —

But the push of Joy —
Say it again, Sexton!
Hush — Only to me!

영어에는 수많은 구절들이 있지 —

영어에는 수많은 구절들이 있지 —
나는 오직 한 구절만 들어 보았어 —
귀뚜라미의 웃음만큼 낮고,
천둥의 혀처럼, 큰 —

물결이 잠잠할 때 —
옛 카스피해 합창단처럼, 중얼대는,
새로운 억양으로 스스로 말하는 —
쏙독새처럼 —

빛나는 철자법을 익히게 하면서
나의 소박한 잠결에 —
그 가능성을 천둥처럼 고하면서 —
내가 들썩거리며, 울 때까지 —

나를 깨운 건, 슬픔이 아니라 —
기쁨의 밀침이었어!

그것을 다시 말해줘, 교회지기야!
쉿―오직 나에게만 말해줘!

■ ■ ■ **해설**

이 시의 시작 부분은 자연의 소리와 인간의 언어를 대비해서 그 두 표현 매체가
가진 특징을 설명한다. 인간의 언어는 무수한 표현을 만들어내지만 화자에게는
별 의미를 가져다주지 못한다. 반면에 자연의 소리로부터 그녀는 초월적인 전망
과 의미를 전달받는다. 자연의 소리에서 초월적인 메시지를 듣는 것이다. 인간의
언어인 "영어"는 수많은 문장과 표현을 자아내지만 그것은 화자가 듣는 단 하나의
자연의 소리에 비하면 피상적이고 빈약한 매체이다. 그와는 달리 스스로 말하는
자연의 소리들은 우주적 기쁨을 화자에게 들려준다. 화자는 잠결에 그 소리를 듣
고 눈물을 흘리며 깨어나는데, 슬픔 때문이 아니라 기쁨에 넘쳐 깨어난다. 화자는
귀뚜라미 소리나 천둥소리, 잔잔한 바다의 파도 소리, 쏙독새 울음으로부터 우주
와 신의 메시지를 듣는다. 두 번째 연의 끝부분에서 등장하는 밤 새인 쏙독새 노
래의 은유가 확장되면서 중심 은유가 된다. 쏙독새는 꿈속에 찾아와 "빛나는 철자
법"을 익히게 해주고, 미래를 천둥처럼 예언해 주기도 하면서, 결국 화자를 잠에
서 깨어나게 만든다. 화자는 기쁨에 넘쳐 잠에서 깨어나 "교회지기"인 그 쏙독새
에게 다시 한번 말해달라고 부탁한다. 게다가 다른 사람들이 듣지 못하도록 작은
소리로 속삭여 달라고 부탁한다. 자연의 소리로 상징되는 것은 화자 내면의 깊은
환희의 소리일 수 있다. 쏙독새로 표현된 교회지기는 교회에 있는 무덤을 관리하
는 일을 하는 사람이므로, 죽음의 세계나 그 너머 부활의 세계와 관련된 존재이다.

281 | 두려움을 직면하라

'Tis so appalling—it exhilarates—

'Tis so appalling—it exhilarates—
So over Horror, it half captivates—
The Soul stares after it, secure—
To know the worst, leaves no dread more—

To scan a Ghost, is faint—
But grappling, conquers it—
How easy, Torment, now—
Suspense kept sawing so—

The Truth, is Bald, and Cold—
But that will hold—
If any are not sure—
We show them—prayer—
But we, who know,
Stop hoping, now—

Looking at Death, is Dying —
Just let go the Breath —
And not the pillow at your cheek
So slumbereth —

Others, can wrestle —
Yours, is done —
And so of Woe, bleak dreaded — come,
It sets the Fright at liberty —
And Terror's free —
Gay, Ghastly, Holiday!

그건 그렇게 소름 끼치게 하면서도 — 활력을 불어넣는다 —

그건 그렇게 소름 끼치게 하면서도 — 활력을 불어넣는다 —
너무도 기겁하게 하여, 거의 넋을 빼앗아 가버린다 —
영혼이 그 뒷모습을 응시한다, 안전한 상태에서 —
최악을 알고 나면, 더 이상 두려움이 없다 —

귀신을 자세히 바라보는 것은, 까무러치게 한다 —
하지만 맞붙어 싸우는 것은, 그것을 정복하는 것이다 —
얼마나 식은 죽 먹기인가, 고난이라는 것이, 이제 —
결정되지 않은 상태는 그처럼 계속해서 톱질한다 —

진실은, 민숭민숭하고, 차갑다—
하지만 그것은 지탱해 낼 것이다—
아무도 확신하지 못하면—
우리가 그들에게 보여준다—기도를—
하지만 우리는, 누가 알겠는가,
희망하기를 그만둔다, 이제—

죽음을 바라보는 것이, 죽어가는 것이다—
그저 숨 쉬어지는 대로 두어라—
그러면 너의 뺨에 눌린 베개가
그처럼 지쳐 잠들지 않는다—

다른 사람들은, 씨름할 수 있다—
너의 씨름은, 끝났다—
그리고 암담한 비탄이여, 겁에 질려—오라,
그것이 경악을 놓아 풀어준다—
그러면 공포가 해방된다—
유쾌하고, 끔찍한, 휴일이다!

■■■■ 해설

디킨슨의 시가 역설을 얼마나 극단적으로 사용하는지를 보여주는 좋은 예이다.
그리고 디킨슨의 정신력을 극적으로 보여주는 시이기도 하다. 디킨슨은 고통과 고난에 대해 누구보다도 천착한 시인이다. 이 시에서 화자는 최악의 고난에 직면해서 그것을 똑바로 응시하고 담대하게 대면하게 되면 그 이후는 더 이상 아무것도 두려워할 필요가 없다고 말한다. 첫 번째 연에서 공포에 떨게 되는 상태는 역설적으로 활력을 받아들이는 상태라고 말한다. 실제로 소스라치게 놀라는 상태는 기운이 빠지거나 풀이 죽은 상태가 아니라 오히려 활력이 극단적으로 고조된 상태이다. 그리고 곧 우리는 공포의 뒷모습을 보게 되고 안도한다. 두 번째 연에서는 공포를 불러일으키는 대상이 귀신이라는 구체적인 이미지로 제시된다. 귀신을 바라보고 까무러치기도 하지만, 정작 달라붙어 싸우게 되면 이길 수 있고, 그렇게 되면 귀신도 고통도 더 이상 힘을 쓰지 못하게 된다. 아무것도 결정하지 못하고 행동하지 못하고 있는 상태가 우리의 마음을 톱으로 썰듯이 괴롭힌다. 세 번째 연에서 막연한 공포와 괴로움을 야기하는 일은, 막상 그 실상을 알고 보면 민둥민둥하고 차가운 것이다. 복잡하지 않고 뜨겁지 않다. 헛된 희망에 매달리기를 그만두면 더 이상 불안하지 않아도 된다. 하지만 사람들은 그것을 쉽게 확신하지 못한다. 화자는 기도조차도 경멸적으로 표현한다. 네 번째 연에서 화자는 고통과 불안, 공포의 궁극적 대상인 죽음의 얼굴을 직시한다. 삶의 가장 기본적인 진실이 죽음이고, 그것을 직시하는 것이 삶의 가장 큰 용기이다. 일단 죽음에 직면하고 나면 숨쉬는 것이 자유로워지고 잠자리도 짓눌리지 않는다. 마지막 연에서, 다른 사람들은 아직도 불안이나 공포에 떨고 있다. 그러나 화자는 더 이상 그런 것들과 씨름하지 않는다. 그는 그런 것을 이미 끝마쳤다. 경악에서도, 공포로부터도 해방되었다. 오히려 유쾌하고, 끔찍할 정도로 편안한 휴식 상태이다.

282 | 부재의 존재들

How noteless Men, and Pleiads, stand,

How noteless Men, and Pleiads, stand,
Until a sudden sky
Reveals the fact that One is rapt
Forever from the eye —

Members of the Invisible,
Existing, while we stare,
In Leagueless Opportunity,
O'ertakenless, as the Air —

Why didn't we detain Them?
The Heavens with a smile,
Sweep by our disappointed Heads
Without a syllable —

사람들과, 플레이아데스 별자리는, 어찌나 눈에 띄지 않는지,

사람들과, 플레이아데스[8) 별자리는, 어찌나 눈에 띄지 않는지,
어떤 갑작스러운 하늘이
그들 중 하나가 넋이 나가 있다는 것을 드러낼 때까지는
영원히 눈에 ─

보이지 않는 구성원들이,
존재하고 있다, 우리가 바라보고 있는 동안,
연대할 수 없는 기회 속에서,
공기처럼, 붙잡히지 않는 채 ─

우리는 왜 그들을 붙잡아 두지 않았는가?
천국들이 미소 지으며,
우리의 낙담한 머리 위로 스쳐 간다
단 한마디 말도 없이 ─

■ ■ ■ **해설**

흔히 사람이 죽으면 별이 된다고들 말한다. 혹은 천국에서 황홀한 시간을 보내게
될 거라고 상상하기도 한다. 그러면서 우리는 밤하늘의 별들을 바라본다. 그러다

---

8) 묘성(昴星), 플레이아데스성단(星團), 황소자리의 산개(散開)성단, 그리스신화에서 아틀
라스(Atlas)의 일곱 딸을 가리키고, 신들이 묘성으로 자태를 바꾸어놓았다 한다.

보면 "갑작스러운 하늘"이 천국에서 넋을 빼앗긴 채 있는 어떤 죽은 사람의 영혼을 드러내 보여준다. 시의 첫 행에서 화자는 죽은 사람들이 우리의 눈에 띄지 않는 상태에 있다고, 즉 죽은 후에 그들이 어떤 상황에 처해 있는지 어떤 힌트도 없는 상태에 있다고 말한다. 플레이아데스성단 중 하나인, 아틀라스와 플레이오네(Pleione)의 일곱 딸들 중 하나인 메로페(Merope)는 그 일곱 별 중 가장 희미한 별이다. 그 이유는 그들 중 오직 그녀만이 인간과 결혼했기 때문이다. 다른 자매들은 모두 신과 결혼했다. 그래서 메로페는 종종 잃어버린 플레이아드라고 불린다. 그녀가 인간과 결혼했다는 수치심에 자신의 얼굴을 숨겼다고도 전해진다. 그러나 특별히 맑은 어떤 밤하늘이 이처럼 눈에 잘 띄지 않는 플레이아드 별을 드러내 보여주기도 한다. 마찬가지로 천국에서 죽은 사람들의 모습이 어쩌다 문득 드러나 보이기도 한다. 우리가 멍하게 하늘을 쳐다보고 있는 그 특별한 순간에 우리는 죽은 자들이 하늘에 존재한다는 것을 알게 된다. 보이지 않는 그 존재들은 우리가 지각할 수 있는 범위를 벗어나서 존재하므로 우리는 그들을 붙잡을 수 없다. 그들의 그와 같은 존재 상태는 아무와도 "연대할 수 없는 기회"(Leagueless Opportunity)이다. 마지막 연에서 화자는 우리가 왜 그 부재의 존재들을 우리 곁에 붙들어 둘 수 없는지 묻지만 하늘은 우리에게 단 한마디 대답도 들려주지 않은 채 낙담한 우리 머리 위를 스쳐 운행할 뿐이다. 우리는 오래전에 세상을 떠난 사랑하는 사람을 잊고 지내지만, 우리 마음의 밑바닥에는 그에 대한 기억이 보이지 않는 별처럼 존재할 수도 있다.

288 | 사적인 삶과 공적인 삶

I'm Nobody! Who are you?

I'm Nobody! Who are you?
Are you—Nobody—too?
Then there's a pair of us!
Don't tell! they'd advertise—you know!

How dreary—to be—Somebody!
How public—like a Frog—
To tell one's name—the livelong June—
To an admiring Bog!

난 보잘것없는 존재야! 넌 누구니?

난 보잘것없는 존재야! 넌 누구니?
너도—역시—보잘것없는 존재니?
그럼 우린 한 쌍이네!

어디 가서 말하지 마! 사람들이 떠벌리게 되니까―알잖아!

너무도 따분해―대단한 사람이―된다는 건!
너무나 공공연해―개구리처럼―
누군가의 이름을 말해대는 건―6월 내내―
찬미하는 습지를 향해서!

■ ■ ■ **해설**

디킨슨의 시 중 쉽고 널리 알려진 것 중 하나이다. 두 가지 해석이 가능하다. 첫째로, 스스로 내로라하는 인물들을 비꼬는 시로 볼 수 있고, 둘째로, 자신이 "별 볼 일 없는 사람"(nobody)으로서 철저히 사적인 차원의 삶을 살겠다고 선언하면서 동시에 마찬가지의 가치관을 가진 동료를 만나서 단둘이 교감을 나누겠다는 주장으로 볼 수도 있다. 어느 시대 어느 사회에나 잘난 척하고 스스로를 내세우는 사람들은 있기 마련이다. 그들은 자신의 지식이나 지위, 재산을 세상에 자랑하는 데서 삶의 만족을 느끼는 부류의 사람들이다. 뭔가 "그럴듯한 사람"(somebody)이 되려고 안달 난 사람들이다. 반면에 은둔의 삶을 살았던 디킨슨은 자기만의 느낌을 소중히 했고, 그것을 이해해 주는 몇몇 사람과 공감하고 싶어 했다. 그래서 "공적인" 인물이 된다는 것은 "따분한" 일이라고 말한다. 이 시는 다소 아이다운 장난스러움이 느껴진다. 이 시의 매력은 디킨슨 특유의 이미지 창조에 있다. 세상의 관심사에 휩쓸려서 떠벌리며 살아가는 사람을 긴 여름날 내내 습지를 향해 울어대는 개구리에 비유한다. 그리고 그 개구리가 떠벌리는 소리를 감탄하며 듣고 있는 습지는 저급한 취향의 대중을 가리킨다고 볼 수 있다.

290 | 북극광의 광휘

Of Bronze—and Blaze—

Of Bronze—and Blaze—
The North—Tonight—
So adequate—it forms—
So preconcerted with itself—
So distant—to alarms—
And Unconcern so sovereign
To Universe, or me—
Infects my simple spirit
With Taints of Majesty—
Till I take vaster attitudes—
And strut upon my stem—
Disdaining Men, and Oxygen,
For Arrogance of them—

My Splendors, are Menagerie—
But their Competeless Show

Will entertain the Centuries
When I, am long ago,
An Island in dishonored Grass—
Whom none but Daisies, know.

청동으로—그리고 불길로—

청동으로—그리고 불길로—
북쪽을—오늘 밤—
너무나 어울리게—그것이 형성한다—
스스로 너무도 미리 합의되어—
놀라게 하기엔—너무도 먼 곳에서—
그리고 너무도 높은 권위의 냉담함이
우주에게, 혹은 나에게—
나의 소박한 영혼을 감염시킨다
장엄한 얼룩으로—
내가 더 광대한 태도를 취하며—
내 줄기에서 우쭐댈 때까지—
사람들이나, 산소를 경멸하면서,
그들이 건방지다고—

나의 광휘는, 이동식 동물원이다—
하지만 그 광휘의 비길 데 없는 쇼가

수 세기를 즐겁게 해줄 것이다

내가, 이미 오래전에,

더럽혀진 풀밭에서 하나의 섬이 되어ー

데이지 말고는 아무도, 알아주는 이 없는.

북극광이 밤에 북쪽 하늘 저 멀리에 장엄한 모습으로 나타나서 그 무엇도 견줄 수 없는 쇼를 펼친다. 그것이 "오늘 밤에" 나타났다는 것으로 봐서 매일 밤 나타나지는 않는 듯하다. 첫 번째 연에서 화자는 자신이 묘사하는 대상이 무엇인지 밝히지 않고 다만 "그것"이라고만 언급한다. 그것이 미리 타협된 내용대로 너무나 먼 곳에서 너무도 어울리는 모습으로 북쪽 하늘을 구성해 놓는다. 그리고 화자는 자신을 들판의 한 야생화로 설정하여 북극광의 장엄한 모습에 영향을 받아 자신도 광대한 태도를 취하며 우쭐댄다. 화자는 그런 상황을 "장엄한 얼룩"(Taints of Majesty)이 "감염시킨다"(infect)고 표현한다. 북극광의 장엄함에 물든 철없는 꽃이 피어 우쭐거리듯이, 화자는 자신이 대단한 존재라도 된 듯이 평범한 사람들을 경멸한다. 심지어 보통 사람들이 호흡하는 데 필수적인 요소인 "산소"마저도 하찮게 여긴다. 그러나 정작 북극광은 너무도 멀리에서 나타나 화자나 다른 사람들, 심지어 우주에게도 초연한 모습이다. 우주와 화자 자신이 거의 동일한 차원인 것처럼 연결된다. 화자인 디킨슨이 자기 시가 북극광처럼 수 세기에 걸쳐 고고하고 장엄하게 빛을 발하며 사람들을 매혹시킬 것을 상상한다. 그 시들은 "미리 조화를 이루도록"(preconcerted) 미적으로 구성되었고 사람들을 "즐겁게 해줄"(entertain) 것이다. 마지막 연에서 디킨슨은 자신의 시가 발산하는 광휘가, 북극광의 불꽃 쇼와 마찬가지로, 일종의 이동식 동물원처럼 흥미와 즐거움을 선사할 것임을 예언한다.

시의 끝부분은 아이러니하다. 세월이 흐른 뒤 정작 시인 자신은 죽어서 풀밭을 오염시키는 존재가 되겠지만, 그리고 아무도 알아주는 사람이 없겠지만, 거기에 핀 데이지꽃만은 자기를 알아봐 줄 것이라고 말한다.

292 | 초인적인 담력

If your Nerve, deny you —

If your Nerve, deny you —
Go above your Nerve —
He can lean against the Grave,
If he fear to swerve —

That's a steady posture —
Never any bend
Held of those Brass arms —
Best Giant made —

If your Soul seesaw —
Lift the Flesh door —
The Poltroon wants Oxygen —
Nothing more —

너의 담력이, 너를 부인하면—

너의 담력이, 너를 부인하면—
너의 담력 위로 가라—
그는 무덤에 기댈 수 있다,
빗나갈까 봐 두렵다면—

그건 확고한 자세이다—
어떤 굽어짐도
거인이 만든 최고의 것인—
그런 놋쇠 팔을 당해내지 못했다—

너의 영혼이 시소를 타면—
육신의 문을 들어 올려라—
겁쟁이는 산소를 원하고—
그 이상은 아무것도 원하지 않는다—

■■■ **해설**

우리는 어떤 난감한 사태가 닥치면 겁이 나서 물러서거나, 혹은 도저히 물러설 수 없을 때 그것에 덤벼든다. 평소의 의지나 용기를 넘어서는 초인적인 담력을 갖게 되는 것을 경험할 수도 있다. 이 시에서 "너"(You)는 그런 결정적인 순간에 처해 있다. 우리를 두렵게 하는 가장 근본적인 것은 죽음이다. 나약한 자아인 "그"(He)

는 무덤 즉 죽음에 기대어 있다. 아이러니컬하게도 죽음에 기대는 것을 통해서 초월적인 담력을 갖게 된다. 진정한 용기는 죽음을 생각하지 않는 상태가 아니라, 죽음에 기대어 확고한 자세를 취하는 것이다. 그러면 그처럼 확고해 보이는 죽음의 "굽어짐"(bend)도 그 용기를 당해내지 못한다. 죽음과 두려움 그리고 용기는 서로 배타적인 관계가 아니라 상호 의존 관계이다. 놋쇠 팔로 죽음에 기대어 굳게 서는 것이 용기이다. 마지막 연에서 "너"의 영혼이 굳건하지 못하고 시소를 타는 듯 요동친다. 화자는 '너'에게 바로 그렇게 영혼이 두려움에 흔들릴 때, 육신의 문을 들어 올리라고 충고한다. 영혼이 육신 속에 갇혀 위축되어 있기 때문이다. 문을 들어 올려 영혼이 육신의 범위를 넘어설 수 있게 하라는 말이다. 이 충고는 첫 연의 "담력(혹은 신경)의 위로 가라"는 조언과 상통한다. 겁쟁이는 육신의 생존에 필수적인 것, 혹은 일상의 이해관계, 즉 공기에만 의존한다. 그 이상을 감당할 수 없다. 그러나 죽음에 굳게 기대어 자세를 취한 사람은 산소 이상의 것을 필요로 한다. 우리는 어떤 높은 가치를 위해서 자신을 헌신하려고 결심해야만 하는 순간을 맞게 될 수도 있다. 이 시는 바로 그런 위험을 무릅쓰려는 결정의 순간을 표현한다.

294 | 사형수가 바라보는 해돋이

The Doomed—regard the Sunrise

The Doomed—regard the Sunrise
With different Delight—
Because—when next it burns abroad
They doubt to witness it—

The Man—to die—tomorrow—
Harks for the Meadow Bird—
Because its Music stirs the Axe
That clamors for his head—

Joyful—to whom the Sunrise
Precedes Enamored—Day—
Joyful—for whom the Meadow Bird
Has ought but Elegy!

처형당하게 될 사람들은—해돋이를 주시한다

처형당하게 될 사람들은—해돋이를 주시한다
색다른 기쁨으로—
왜냐하면—다음번 해가 사방으로 타오를 때
그들이 그것을 보게 될 것 같지 않기 때문에—

내일—죽게 될—사람은—
초원의 새에 귀 기울인다—
그 음악이 그의 목을 노리며 떠들어대는
도끼날을 자극하기 때문에—

기뻐한다—그들에게 해돋이가
매혹된—낮보다—앞서 오는 사람들은
기뻐한다—초원의 새가
들려줄 게 만가밖에 없는 사람들은!

이 작품은 해돋이를 소재로 하고 있다. 그런데 특이하게도 그 해돋이를 바라보는
사람은 처형을 하루 앞둔 사람이다. 사실 처형을 앞두지 않은 사람이 누가 있는
가? 삶의 마지막 날에 이르러 슬픔과 아쉬움에 휩싸인 사람이 희망과 시작을 상징
하는 해돋이를 바라보는 아이러니한 상황이다. 그들이 느끼는 해돋이의 감격은

안락과 행복을 누리는 사람들이 느끼는 해돋이의 정서와는 사뭇 다를 것이다. 죽음을 맞는 사람은 해돋이의 경이와 아름다움을 보다 더 또렷하고 강력하게 경험하리라. 처형을 앞둔 사람들은 일출을 보면서 이어서 오게 될 낮의 화려함과 다채로움, 열정을 머릿속에 떠올릴 것이다. 두 번째 연에서는 처형을 하루 앞둔 사람이 초원의 새소리를 듣는다. 그는 아침 일찍 새소리와 사형집행인이 도끼를 가는 소리를 함께 듣는다. 그의 목을 노리는 도끼가 곧 제 임무를 수행하려고 왁자지껄하다. 마지막 연에서 그런 사람들은 이제 자신의 처형을 무아지경에서 받아들이는 것 같다. 그들에게 새가 아름다운 만가를 들려주고 해돋이는 황홀한 경험이 된다. 아마도 해돋이에 뒤따라올 낮, 즉 천국의 찬란함을 예상하는 듯하다.

298 | 시적 영감의 활기

Alone, I cannot be—

Alone, I cannot be—
For Hosts—do visit me—
Recordless Company—
Who baffle Key—

They have no Robes, nor Names—
No Almanacs—nor Climes—
But general Homes
Like Gnomes—

Their Coming, may be known
By Couriers within—
Their going—is not—
For they've never gone—

홀로일 수, 없어 나는—

홀로일 수, 없어 나는—
무리가—나를 찾아오기 때문에—
열쇠를 좌절시키는—
기록을 갖지 않은 친구들이 말이야—

그들은 두루마기를 입지 않았고, 이름도 없어—
역서를 갖지도 않았고—지방색을 갖지도 않았어—
도처에 고향을 가졌지
마치 땅의 신령처럼—

그들이 오는 건, 알 수 있어
마음속 밀사가 알려주니까—
그들이 가는 건—알려지지 않아—
그들은 결코 떠나가지 않으니까—

■ ■ ■ **해설**

화자는 자기 내면의 삶이 찾아오는 많은 신비로운 사람들로 붐빈다고 말한다. 고
독할 틈이 없다는 것이다. 그 사람들은 기록을 갖고 있지도 남기지도 않으며, 들
어올 때 열쇠를 사용하지도 않는다. 혹은 그들을 이해할 수 있는 어떤 열쇠나 힌
트를 주지도 않는다. 두 번째 연은 전통적인 방문자들의 모습을 그린다. 성경 등

에 나오는 여행자나 방문자들은 두루마기를 입고 지위나 이름을 가졌으며, 역서를 지녔고 어떤 특정 지방 출신의 사람들이다. 그러나 화자의 마음속을 방문하는 무리는 그와는 완전히 달라서, 어떤 전통적인 격식도 갖추지 않았고 특징적인 모습도 하지 않았다. 그런데도 그들은 "땅의 신령"(Gnomes)이 땅속 아무 데서나 살 수 있는 것처럼 마음속 아무 데서나 살 수 있다. 세 번째 연에서 화자는 그들이 찾아오는 것을 알 수 있는데, 그것은 그녀의 "마음속 밀사"(couriers) 혹은 감수성이 그것을 알려주기 때문이다. 그리고 그 정령들은 한번 마음속에 들어오면 결코 떠나가지 않는다. 디킨슨은 평생 독신으로 고독하게 살았지만, 아마도 그녀의 마음속은 늘 이처럼 신비로운 존재들로 붐볐던 것 같다. 시적 영감과 상상력이 그녀의 마음속을 방문하는 무리였을 것이다.

301 | 삶의 무상함과 정의

I reason, Earth is short —

I reason, Earth is short —
And Anguish — absolute —
And many hurt,
But, what of that?

I reason, we could die —
The best Vitality
Cannot excel Decay,
But, what of that?

I reason, that in Heaven —
Somehow, it will be even —
Some new Equation, given —
But, what of that?

나는 추론한다, 현세가 짧다고—

나는 추론한다, 현세가 짧다고—
고뇌가— 절대적이라고—
그리고 고통이 너무 많다고,
하지만, 그래서 어떻다고?

나는 추론한다, 우리가 죽을 거라고—
최고의 생명력도
부패를 이길 수 없다고,
하지만, 그래서 어떻다고?

나는 추론한다, 천국에서는—
여하튼, 평평하게 될 거라고—
어떤 새로운 방정식이, 주어질 거라고—
하지만, 그래서 어떻다고?

▩▩▩ 해설

인생이 짧다거나 삶이 고뇌와 고통으로 가득 차 있다는 것은 흔한 깨달음이자 지혜로 여겨진다. 그만큼 그것은 그다지 효력 없는 말이기도 하다. 그런데 이 시에서 디킨슨은 그런 것을 안다거나 경험한다거나 깨닫는다고 표현하지 않고 "추론한다"(reason)라고 표현한다. 인생이 짧다는 생각은 다른 사람의 인생이 짧은 것을 보았다는 말이고, 그것은 자신이 죽게 되기 전까지는 추론이다. 각각 짤막한 4행으로 이루어진 3개의 연으로 구성된 이 짧은 시는 각 연의 첫 마디와 마지막 행이 매번 "나는 추론한다"와 "하지만, 그래서 어떻다고?"라는 표현으로 되어 있다. 각각의 연을 끝맺는 "그래서 어떻다고?"라는 다소 냉소적인 질문이 이 시의 메시지일 수 있다. 흔히 사람들은 천국에서는 이 세상에서의 정의가 불의가 될 수 있고, 부자가 가난한 자가 될 거라고 생각한다. 그런데 그것이 과연 어떤 의미가 있는가? 그런 평등 방정식에 대한 추론은 의미 없고, 있다고 해도 너무 늦은 것이 아닐까? 어느 시대 어느 곳에서나 벌어지는 전쟁이나 질병, 사고로 인한 무고한 무수한 죽음과 고통의 삶을 어떤 평등과 정의로 이해할 수 있는가? 삶의 무상함이나 불공평함 그리고 내세에서의 존재 상태에 대해서 이러쿵저러쿵 논하는 것이 무슨 소용이 있는가?

302 | 여름이 끝나갈 무렵

Like Some Old fashioned Miracle

Like Some Old fashioned Miracle
When Summertime is done —
Seems Summer's Recollection
And the Affairs of June

As infinite Tradition
As Cinderella's Bays —
Or Little John —of Lincoln Green —
Or Blue Beard's Galleries —

Her Bees have a fictitious Hum —
Her Blossoms, like a Dream —
Elate us —till we almost weep —
So plausible —they seem —

Her Memories like Strains —Review —

When Orchestra is dumb —
The Violin in Baize replaced —
And Ear — and Heaven — numb —

구식의 어떤 기적처럼

구식의 어떤 기적처럼
여름철이 끝날 때는—
여름의 기억은
그리고 유월의 일들은

무한한 전통인 듯하고
신데렐라의 월계관인 듯도 하며—
초록색 옷을 입은—리틀 존인9) 듯도 하고—
블루 비어드의 지하 저장고인10) 듯도 하다—

그녀의 꿀벌들이 이야기 속에서처럼 잉잉거리고—

---

9) 로빈 후드(Robin Hood)의 동료로 늘 초록색 옷을 입었다.

10) 블루 비어드(Blue Beard)는 프랑스의 민담에 나오는 인물이다. 부유하고 권력을 가진 귀
　　족으로 여러 번 아름다운 아내를 맞아 결혼하는데, 그 아내들이 결혼한 후에 사라진다.
　　그가 마지막 아내에게 그의 지하 보물 저장고 방들의 열쇠를 맡겨두고 집을 떠나 있는
　　동안에 그 아내가 지하 저장고의 방들을 열어본다. 특히 절대 금지된 한 방을 결국 열어
　　보니 거기에는 죽은 이전 아내들의 시신과 피가 그득했다. 결국 그녀는 블루 비어드에
　　의해 죽음을 맞게 될 처지였지만 지혜를 발휘해서 그를 죽이고 그의 재산을 차지하게
　　된다.

그녀의 꽃들이, 꿈속에서처럼―
우리가 눈물 흘릴 지경까지―우리를 들뜨게 한다―
그들은 너무도―진짜 같다―

여름날의 기억은 선율 같다―돌이켜 보면―
오케스트라가 연주를 마치고 벙어리가 되었을 때―
바이올린이 초록 베이즈 천에 다시 놓이고―
그리고 귀가―그리고 천국이―마비되는 때―

▨ ▩ ■ 해설

여름은 정원이나 들판이 풀과 나무, 꽃, 새, 벌 등 온갖 동식물들의 생명력으로 넘쳐나는 계절이다. 세상이 마치 판타지 같은 쇼를 펼친다. 화자에게는 여름철의 그런 아름다움이 현실로 느껴지기보다는 일종의 기적이나 마술처럼 느껴진다. 그런 여름날의 감흥에 거의 눈물이 날 지경이다. 그리고 여름이 끝나가기 시작할 무렵이 되면 여름이 한창이었던 때 경험했던 모든 것들이 기억 속에서 생생해진다. 마치 오케스트라의 공연이 끝났는데도 그 감동이 귓가에 맴도는 것과 같은 느낌이다. 두 번째 연에서 화자는 그처럼 환상적인 여름의 경험을 어린 시절에 읽었던 동화의 세계로 연결한다. 그것이 신데렐라나 로빈 후드, 블루 비어드와 같은 동화나 민담의 세계와 같다고 말한다. 여름날의 아름다움과 동화의 세계는 둘 다 상상과 가능성, 꿈의 세계이다. 어린 시절에 그것은 현실과 거의 구분이 되지 않는다. 마지막 연에서는 여름날에 대한 향수에 어린 시절에 대한 단순한 아쉬움 이상의 뭔가 답답하고 어두운 느낌이 스며든다. 오케스트라가 장엄하게 피날레를 장식하고 드라마틱하게 끝나면 그 선율에 대한 기억이 모두 황홀한 아름다움만은 아니며, 오히려 귀 먹은 듯한 어색함이나 막막함이 느껴지고, 감각이 마비된 듯한 슬픈 느낌이 들기도 한다. 어린 시절에 경이로움으로 가득했고 생생하기만 했던 자연에 대한 우리의 감각은, 어른이 되어서 어느 날 보면 어느새 둔해지고 무뎌져, 보이지 않고, 들리지 않고, 느껴지지 않는다는 것을 깨닫게 된다. 그런 의미에서 이 시는 여름날 같았던 젊음과 청춘이 사라졌다고 문득 느끼게 되는 어느 날의 마음 상태를 비춰준다.

305 | 절망과 두려움

The difference between Despair

The difference between Despair
And Fear—is like the One
Between the instant of a Wreck—
And when the Wreck has been—

The Mind is smooth—No Motion—
Contented as the Eye
Upon the Forehead of a Bust—
That knows it cannot see—

절망과 두려움의 차이는

절망과 두려움의 차이는
이런 것과—같다
난파의 순간과—

난파당하고 난 후의 차이와―

마음은 잔잔하고―아무런 움직임도 없이―
그것이 볼 수 없다는 것을 알고 있는―
흉상의 이마에 가 닿는―
눈길처럼 만족한 상태이다

■ ■ ■ **해설**

디킨슨은 심리 상태에 대한 탁월한 관찰자이다. 그런 점에서 그녀를 시적인 심리
학자라고 불러도 될 것 같다. 여기에서 그녀는 절망과 두려움이라는 심리 현상의
차이점을 탐색한다. 사실 이 시는 두려움을 파악하려는 시이며, 두려움의 특징을
나타내기 위해 절망이 대조되었다는 것이 더 정확한 표현이다. 첫 연에서 '절망
대 두려움 = 난파 대 난파 직후'라는 비유가 제시된다. 배가 파도에 부서져 가라
앉는 상황을 상상하면 된다. 그런 난파 상황이 절망이라면, 배가 완전히 가라앉고
곧이어 다시 바다가 잔잔해진 상황은 두려움이다. 난파 상황은 희망도, 미래도, 심
지어 당장의 고통도 느낄 수 없다. 단지 필사적인 암담함의 순간일 뿐이다. 그러
나 난파 직후에―아마도 난파에서 살아남아서―바다를 바라보면 모든 것이 다시
잠잠하고 막막하다. 두 번째 연에서는 두려움의 심리적 상태를 더 구체화한다. 두
려움이 눈길(eye)에 비유되는데, 그 눈길은 데생을 위해 놓인 아그리파 석고상의
이마를 고요한 상태에서 바라보는 눈길을 떠올리게 한다. 우리는 다른 사람과 눈
길을 정면으로 마주칠 때 어느 정도 불안감을 느낀다. 상대의 눈길이 강력할수록
더욱 그럴 것이다. 그러나 이 시에서 묘사된 두려움의 눈길은 아그리파처럼 강력
한 눈길과 마주쳐도 그 석고상의 눈이 아무것도 볼 수 없다는 것을 알고 있어서

그처럼 불안하지 않다. 정말로 무시무시한 살아있는 눈길과 눈길이 마주치는 것은 공포의 순간이고 겁에 질려 하얗게 되는 순간이다. 공포는 두려움이나 불안과는 다른 심리 상태이다. 석고상의 눈매는 강하지만 공포를 느끼게 하지는 않는다. 석고상의 눈이 야기하는 두려움은 그 실체가 없다. 그 두려움은 외적으로는 평온한 상태처럼 보이지만 거기에는 죽음이나 또 다른 파멸을 예기하는 심리적 동요가 감춰져 있다.

307 | 저녁노을과 예술

The One that could repeat the Summer Day —

The One that could repeat the Summer Day —
Were greater than Itself — though He —
Minutest of Mankind — should be —

And He — could reproduce the Sun —
At Period of Going down —
The Lingering — and the Stain — I mean —

When Orient have been outgrown —
And Occident — become Unknown —
His Name — remain —

여름날을 되풀이할 수 있는 사람은 —

여름날을 되풀이할 수 있는 사람은 —

여름날 자체보다 위대할 것이다 - 비록 그가 -
인류 중 가장 미미한 존재라 - 할지라도 -

그리고 그는 - 해를 재현할 수 있다 -
지평선으로 넘어가고 있는 동안에 -
망설이고 있는 - 얼룩의 모습을 - 말이다 -

동쪽이 너무 커져 버렸고 -
그리고 서쪽이 - 알려지지 않게 되었을 때도 -
그의 이름은 - 남아 있을 것이다 -

▦ ▩ ▪ 해설

이 시의 화자는 여름날 저녁노을이라는 자연 현상을 예술적으로 재현해 낸다면 그것은 자연 현상보다 더 위대한 예술적 창조일 것이라고 말한다. 그런 예술가는 한 인간으로서는 극히 미미한 존재이지만, 그가 모방해서 창조한 예술작품은 그의 이름을 역사에 영원히 기억되게 하리라는 것이다. 그런데 두 번째 연에서 화자는 예술가가 재현하는 노을에는 인간적인 속성이 깃들게 된다고 본다. 저녁노을에 아쉬움이나 후회가 묻어있다. 우리의 삶은 동쪽으로 비유되는 청년 시절인 오전까지는 무럭무럭 자라다가 정오를 지나고 중장년을 거쳐 어느새 서쪽으로 상징되는 황혼에 이르러 망설임과 후회 속에서 어둠 속으로 사라져간다. 그럼에도 화자는 그것을 표현한 예술가의 "이름은 남아 있을" 거라고 본다.

308 | 저녁노을과 시

I send Two Sunsets —

I send Two Sunsets —
Day and I — in competition ran —
I finished Two — and several Stars —
While He — was making One —

His own was ampler — but as I
Was saying to a friend —
Mine — is the more convenient
To Carry in the Hand —

내가 저녁노을 두 개를 보낸다 —

내가 저녁노을 두 개를 보낸다 —
낮과 나는 — 서로 경쟁하며 내달렸어 —
나는 두 개를 끝마쳤어 — 거기에 별 몇 개도 끼워 넣어 —

그동안 그는—하나를 만들고 있었지—

그의 것이 더 광대하긴 하지만—내가
어떤 친구에게 말했듯이—
내 것은—더욱 편리해서
손에 들고 다닐 수도 있지—

■■■ 해설

디킨슨은 자신이 쓴 시 중 일부를 친구이자 올케인 수잔에게 보냈는데, 이 시도
그중 하나이다. 이야기를 들려주는 식의 편안한 어투에 유머가 깃든 시이다. 디킨
슨이 쓴 저녁노을을 표현하는 시들 중 하나이기도 하다. 낮과 화자가 하루의 낮이
라는 기간에 저녁노을을 만들어내기 위해서 서로 경쟁한다. 그 경쟁에서 화자는
자신이 이겼다고 생각한다. 낮이 하루 종일 저녁노을 하나를 만드느라 애쓰고 있
는데, 그것도 아직 완성하지 못하고 있는데, 화자는 저녁노을에 관한 시 두 편을
완성했고 더구나 거기에 별도 몇 개 끼워 넣었다. 그리고 그 두 편의 저녁노을 시
를 친구에게 보낸다. 압승을 거둔 셈이다. 두 번째 연에서 화자는 낮의 창작물과
자신의 창작물을 비교한다. 크기로 하면 낮의 작품이 더 앞설지 모르겠지만 편리
함으로 하면 화자의 작품이 훨씬 더 낫다. 그녀의 작품은 손에 들고 다닐 수도 있
고 누군가에게 간편하게 보내줄 수도 있기 때문이다.

311 | 눈 쌓이는 모습

It sifts from Leaden Sieves —

It sifts from Leaden Sieves —
It powders all the Wood —
It fills with Alabaster Wool
The Wrinkles of the Road —

It scatters like the Birds —
Condenses like a Flock —
Like Juggler's Figures situates
Upon a baseless Arc —

It traverses yet halts —
Disperses as it stays —
Then curls itself in Capricorn —
Denying that it was —

납빛 체에서 떨어져 내리네—

납빛 체에서 떨어져 내리네—
온 숲을 분가루로 덮네—
설화석고 같은 양털로 채우네
길바닥의 주름을—

새들처럼 흩어지기도 하고—
양 떼처럼 모이기도 하네—
마치 곡예사가 만드는 형상들처럼
밑변이 없는 호 위에 내려앉네—

가로질러 가서는 멈추고—
머물러 있는 듯하다가도 흩어지네—
그런 다음 염소자리에서11) 웅크리네—
이전의 모습을 부인하면서—

---

11) 염소자리(Capricorn)는 신화의 존재인 바다 염소를 표상하는 별자리로, 바다 염소는 염소의 몸과 물고기의 꼬리를 가졌다. 그러한 이중적 이미지로 인해 바다 염소는 물리적이든 정서적이든 항행하는 데 능숙하다고 알려져 있다.

이 시는 모든 행이 은유와 직유로 구성되어 있다. 그중에서도 겨울 하늘의 구름에서 눈이 내리는 모습을 "납빛 체"에서 떨어져 내린다고 표현한 것은 특히나 강력한 은유이다. 우리나라 동요에서도 그 현상을 하늘나라 선녀님들이 하얀 떡가루를 뿌려준다고 노래한다. 디킨슨은 떡가루 대신에 분가루를 연상하도록 한다. 그것이 쌓이면서 숲을 덮고 울퉁불퉁해진 길바닥을 평평하게 한다. 두 번째 연에서는 눈이 내리는 모습이 활발한 움직임으로 묘사된다. 나무에서 새 떼처럼 흩어지고 또 어떤 곳에는 양 떼처럼 모여 쌓이기도 한다. 둥근 언덕이나 고원에 눈이 쌓이는 모습은 밑변이 없는 호 위에 마치 곡예사가 만들어내는 신기한 형상들처럼 보인다. 우리는 그 모습이 어떤 형상을 띨 것인지 예측할 수 없다. 마지막 연에서는 눈보라가 몰아치고 눈이 쌓이는 모습을 염소자리 별자리에 스스로 웅크린다고 표현한다. 눈보라가 이리저리 몰려다니다가 천상의 별자리에 몰려 쌓이는 것처럼 보인다는 것이다. 눈보라가 모습이 바뀌어가며 쌓이는 상황을 특별히 염소자리에 비유한 것은 좀 더 설명이 필요한 대목이다. 아마 우리 운명의 예측 불가능성, 우연성을 나타내는 것일지도 모르겠다. 어쨌든 우리의 운명이 눈 폭풍에 휩쓸리듯 예측할 수 없는 방향과 모습으로 변하는 것은 사실이다.

313 | 구원과 고통의 역설

I should have been too glad, I see—

I should have been too glad, I see—
Too lifted—for the scant degree
Of Life's penurious Round—
My little Circuit would have shamed
This new Circumference—have blamed—
The homelier time behind—

I should have been too saved—I see—
Too rescued—Fear too dim to me
That I could spell the Prayer
I knew so perfect—yesterday—
That Scalding One—Sabachthani—
Recited fluent—here—

Earth would have been too much—I see—
And Heaven—not enough for me—

I should have had the Joy
Without the Fear—to justify—
The Palm—without the Calvary—
So Savior—Crucify—

Defeat whets Victory—they say—
The Reefs in old Gethsemane
Endear the Coast beyond—
'Tis Beggars—Banquets best define—
'Tis Parching—vitalizes Wine—
Faith bleats to understand!

나는 기쁨이 너무 크다고 해야 했어, 알고 보니—

나는 기쁨이 너무 크다고 해야 했어, 알고 보니—
너무 드높여지게 되었었다고 말이야—삶의 인색한 범주의
빈약한 정도에 비해서—
나의 작은 범위가 수치스러워했어야 했어
이 새로운 영역이—탓했어—
뒤에 남겨진 더 수수한 시간을—

나는 지나치게 구원받았다고 해야 했어—알고 보니—
너무 많이 구원받았다고 말이야—나에게 두려움이 너무도 희미해서

기도의 말을 몇게 했었을 수도 있어
나는 너무나 완벽하게 알았지—어제—
불에 덴 듯 통렬한 기도인—사박다니가—
유창하게 암송되었다는 것을—이곳에서—

땅이 너무 과했었는지도 몰라—알고 보니—
그리고 천국이—나에게 충분하지 않았었는지도 몰라—
내가 그 기쁨을 누렸어야 했을 거야
정당화하기 위한—두려움이 없었다면—
승리의 야자 잎을—갈보리가 없었다면—
그러므로 구세주여—십자가에 처형해 주세요—

패배가 승리를 연마한다고—사람들은 말하지—
옛 겟세마네의 모래톱이 있어서
저만큼 해안이 사랑받지—
거지들이—향연을 가장 잘 정의하고—
타는 목마름이—포도주에 생기를 불어넣으며—
그걸 이해하기 위해서 신앙심이 염소처럼 우네!

이 시는 지독하게 신랄한 어조를 취하고 있다. 화자는 자신이 간절히 원하는 어떤
것을 얻을 수 없어서 다행스럽다고 말한다. 첫 번째 연부터 세 번째 연까지는 가

정법으로 구성되었고, 마지막 연은 직설법이다. 앞 세 연은 이 세상의 삶에서 실제 일어나지 않은 상황을 가정하고 있다. 화자는 경이로운 일이 자신에게 일어나지 않아서 오히려 다행이라고 냉소적으로 말한다. 만약 그런 경이로운 일이 자신에게 일어났다면 그녀 자신의 평범한 삶이 제한된 범위를 벗어나서 지나치게 기쁘고 지나치게 고양되었으리라는 것이다. 마찬가지로 그녀가 분에 넘치게 구원받았다면 그녀는 자신의 소박한 고뇌에 걸맞은 기도를 드릴 수 없었을 것이다. 그런 경우라면 이 땅에서의 삶이 천국에서의 삶보다 더 경이로웠으리라는 것이다. 요컨대 그녀는 보통 사람들이 경험하는 두려움이나 고통, 실패를 모른 채 기쁨만을 누렸을 거다. 그러나 이러한 주장은 역설적으로 화자가 하나님이 자신에게 행복을 베풀어주는 데 너무 인색하다고 항의하는 것처럼 들리기도 한다. 화자가 자신의 "삶의 인색한 범위"(Life's penurious Round)나 곤궁한 정도를 하나님께 신랄하게 따지는 듯도 하다. 그러나 관점을 바꾸어서 해석하면 화자는 하나님이 화자 자신을 주어진 제한된 범주 안에 머물도록 해주고, 자신의 위치를 넘어서지 않도록 해주고, 지나치게 드높여지지 않도록 해주어서 감사하다고 냉소적으로 토로한다고도 볼 수 있다.

그런 신랄한 어조는 두 번째 연에서 더욱 강해진다. 우리가 과도하게 구원받는다는 가정은 역설적이고 모순적이다. 그러나 이 시의 화자는 그것이 가능한 것처럼 말한다. 우리가 구원에 대해서 아무런 걱정이나 불확실, 두려움을 느끼지 못할 정도로 과도하게 구원받는다면, 골고다 언덕으로 끌려가서 십자가에 못 박혀 죽어가면서 "엘리 엘리 라마 사박다니?"(주여, 주여, 왜 당신은 저를 버리십니까?, 마가복음 16장 34절)라고 탄식하며 항의했던 예수의 심정을 이해할 수 없을 것이다. 예수가 고뇌에 찬 원망을 토로했던 것이 선이라면 이 시의 화자가 하나님께 항의하는 것도 선이 될 수 있다. 그래서 화자는 만약 자신이 염원하는 행복을 얻게 될까 봐, 이 세상에서 자신의 삶이 경이로운 것이 될까 봐 염려한다. 진정한 경이와 영광은 천국에서 얻는 것이어야지 이 땅에서 얻는 것이 아니라는 관점에서 보면 그처럼 지나친 행복은 뭔가 잘못된 것이다. 궁극적인 승리의 종려나무 잎을 정당화해 주는 것은 두려움이다. 그래서 화자는 예수가 십자가에 못 박혀 죽었을 때의 고통을 이해하지 못한 채 즐거움을 누리기만 할까 봐 염려한다.

　마지막 연에서 화자는 겟세마네의 십자가에서 난파당한 사람들이 저만치 해안에서 안락을 누리는 사람들보다도 천국을 더 잘 이해한다고 주장한다. 굶주린 거지들이 향연의 가치를 가장 절실히 느끼고, 목말라 죽어가는 사람이 포도주의 가치를 가장 잘 느낄 수 있다는 것이다. 마지막 행은 맹목적인 기복신앙에 빠진 기독교인들에 대한 신랄한 풍자이다. 그들은 "염소처럼 울어댄다." 합리적으로 생각해 보면 자애로운 하나님이 사람들이 행복하지 못하도록 하지 않을 것이고, 거지들을 굶주려 죽게 두지 않을 것이다. 그런데 실제로 이 세상의 삶은 고통과 불행으로 점철되어 있고, 거지는 굶어 죽는다. 행복만을 염원하는 기독교적 신앙심에 대한 매우 통렬한 풍자이다. 이 시의 어조를 비꼬는 것으로 읽지 않고 진지한 성찰로 읽는다면, 이 시는 디킨슨이 자신의 삶에 고통이나 불행이 없었다면 자신의 삶의 의미가 얼마나 제한되었을까 상상해 보는 내용일 수 있다.

315 | 영혼을 지배하는 하나님

He fumbles at your Soul

He fumbles at your Soul
As Players at the Keys —
Before they drop full Music on —
He stuns you by Degrees —

Prepares your brittle Nature
For the Ethereal Blow
By fainter Hammers — further heard —
Then nearer — Then so — slow —

Your Breath — has time to straighten —
Your Brain — to bubble Cool —
Deals One — imperial Thunderbolt —
That scalps your naked soul —

When Winds hold Forests in their Paws —

The Universe —is still—

그가 너의 영혼을 더듬는다

그가 너의 영혼을 더듬는다
마치 연주자들이 건반을 가볍게 쳐보듯이—
온전히 음악을 연주하기 전에—
그가 점차 너의 넋을 빼앗아 버린다—

너의 부서지기 쉬운 본성을 준비시킨다
공기 같은 타격에 대비해서
더 어렴풋한 망치들이 가하는—더 나아가서 들려오는—
그런 다음 더 가까워지는—그런 다음 매우—느려지는—

너는 숨을—고를 시간이 있다—
너의 두뇌는—차갑게 들끓을 시간이 있다—
그가 제국의 천둥번개 같은—일격을 가한다—
너의 벌거벗은 영혼의 머리 가죽을 벗겨버릴—

바람이 앞발로 숲을 붙잡을 때—
우주는—고요하다—

이 시는 '그'(He)로 상징되는 강력한 존재가 '너'(you)로 상징되는 약한 존재에게 은근히 접근하여 치명적 타격을 가해서 완전히 굴복시키는 현상을 묘사한다. 처음에는 너의 가장 소중한 요소인 영혼을 더듬어서 유혹하거나 괴롭힌다. "fumble"은 '주무르다', '만지작거리다', '더듬어 찾다' 등의 성적인 의미를 가진 단어이다. 한편 그 모습이 마치 피아니스트가 본격적인 연주를 시작하기 전에 건반을 가볍게 만져보며 음정을 확인하는 행위를 떠올리게도 한다. 그러고 나서는 점차 정도를 더해가며 너의 넋을 빼놓거나 너의 간담을 서늘하게 한다. 두 번째 연에서도 아직 본격적인 공격은 가해지지 않고 매우 애매한 방식으로 공격의 기미를 보일 뿐이다. 그가 공기처럼 실체가 없는 듯한 타격을 너의 연약한 본성에 가하려 하는 동안 희미한 망치 소리가 먼 곳으로부터 점점 더 가깝게 들려오며 그 진행은 매우 느린 것처럼 보인다.

세 번째 연에서 '너'는 거기에 아무런 주체적 반응도 하지 못하고 속수무책으로 무기력하게 당할 수밖에 없는 것이 아니다. 화자는 '너'가 숨을 가다듬고 냉정하게 생각해 볼 겨를이 있다고 말한다. 그리고 갑자기 그가 너에게 "제국의 천둥번개"와도 같은 일격을 가하고, 완전히 노출된 너의 영혼은 머리 가죽이 벗겨질 것 같은 상태가 된다. 그가 결정적인 타격을 가하여 너를 완전히 굴복시킨 것이다. 두 행으로 구성된 마지막 연은 그러한 타격 이후의 상황을 묘사한다. 그것은 마치 바람이 숲을 앞발로 꼼짝 못 하게 장악해 버릴 때 우주적 고요가 느껴지는 것과 같다. 문제는 '그'가 누구이고 '너'가 누구인가. 종교적 입장에서 보면 압도적인 힘과 권위를 가진 하나님이 나약한 개인을 영적으로 구원하는 모습일 수 있다. 어르고 준비시키고 마침내 결정적인 일격을 가하여 굴복시켜 버린다. 기독교인의 관점에서는 그것이 구원받음이다. 또는 어떤 막강한 영향력을 가진 영웅적인 존재가 한 개인 숭배자를 지배하게 되는 상황일 수도 있다. "공기 같은 타격" (Ethereal Blow), "더 어렴풋한 망치"(fainter Hammers), "제국의 천둥번개"(imperial Thunderbolt) 등은 디킨슨 고유의 강렬한 역설적 은유이다.

318 | 해돋이와 해넘이

I'll tell you how the Sun rose —

I'll tell you how the Sun rose —
A Ribbon at a time —
The Steeples swam in Amethyst —
The news, like Squirrels, ran —
The Hills untied their Bonnets —
The Bobolinks — begun —
Then I said softly to myself —
"That must have been the Sun!"
But how he set — I know not —
There seemed a purple stile
That little Yellow boys and girls
Were climbing all the while —
Till when they reached the other side —
A Dominie in Gray —
Put gently up the evening Bars —
And led the flock away —

해가 어떻게 떠올랐는지 말해줄게 —

해가 어떻게 떠올랐는지 말해줄게 —
한꺼번에 하나의 띠였지 —
첨탑들이 자수정 속에서 수영했어 —
소식이, 다람쥐들처럼, 내달렸지 —
언덕들이 자기들의 보닛 끈을 풀었고 —
보보링크 새들이 — 지저귀기 시작했어 —
그런 다음 난 조용히 혼잣말했지 —
"틀림없이 그게 해였을 거야!"
하지만 그 해가 어떻게 졌는지 — 난 알지 못해 —
자줏빛 가로대 울타리가 있는 것 같았어
노랗게 물든 작은 소년 소녀들이
그것을 넘어가려고 줄곧 올라갔어 —
그 맞은편 쪽에 도달했을 때까지 —
회색 옷을 입은 목사님이 —
저녁 가로대를 부드럽게 올려놓고 —
그리고 그 무리를 이끌고 떠나갔지 —

이 시는 16행으로 구성되어 있으며, 전반부(1행부터 8행까지)는 해가 떠오를 때의 풍경을, 그리고 후반부(9행부터 16행까지)는 해가 질 때의 풍경을 묘사한다. 이 시에서 해돋이는 점차 진행된다기보다는 갑작스럽게 발생하는 사태로 묘사된다. 동쪽 하늘에 붉은 띠가 비치는가 싶더니 어느새 자줏빛 아침 햇빛 속에 교회 첨탑이 잠기고, 금세 햇빛이라는 뉴스가 들판을 가로질러 내달리자 언덕이 어둠의 모자를 벗고 모습을 드러내며, 새들이 지저귀기 시작한다. 새들은 아이들의 경쾌한 놀이와 웃음을 연상시킨다. 이 모든 사태가 거의 순식간에 발생한다. 그리고 어느 정도 시간이 흘러 화자는 아침의 그 사태를 회상하며 "틀림없이 그게 해였을 거야"라고 말한다. 해돋이에 관한 묘사지만 해가 어떤 불덩이 같다거나 둥글다거나 혹은 햇빛 자체가 얼마큼 붉거나 밝다는 식의 직접적인 묘사가 아니라, 하늘이나 들판 마을의 풍경이 어떤 모습인지를 묘사한다. 사실 해는 우리가 맨눈으로 직접 바라볼 수 없는 것이다.

후반부에서 묘사되는 일몰의 순간도 해의 상태를 직접 묘사하지 않고 목초지의 경계를 정하는 가로대 울타리와 그걸 올라서 넘어가는 아이들의 모습을 묘사한다. 화자는 "해가 어떻게 졌는지 알지 못한다"고 말한다. 그녀가 본 것은 가로대 울타리가 어두운 자줏빛으로 물들었다는 것, 그 울타리를 넘어가는 아이들이 노을빛을 받아 노랗게 보인다는 것, 그리고 아이들이 울타리를 넘어 목초지 안쪽에 이르자 회색 옷을 입은 목사님이 울타리의 저녁 가로대를 올려 걸쳐서 다른 침입자가 들어오지 못하게 한 뒤 아이들을 데리고 떠나갔다는 것이다. 마치 아침과 저녁 풍경을 묘사하는 인상적인 두 편의 짧은 영상을 보는 듯한 느낌을 준다. 전반부의 분위기는 경쾌하고 빠르다. 특히 "자수정 속"에서 "수영하는 첨탑"의 이미지는 독특한 효과를 자아낸다. 자수정은 투명하게 맑은 자줏빛의 단단한 광물이어서 그 속은 움직임을 허용하지 않는데, 역설적으로 첨탑이 그 속에서 수영하는 것으로 묘사되었다. 후반부의 풍경은 좀 더 차분하고 느리며 무게감이 느껴진다. 저녁노을의 자줏빛은 어두운 빛을 띠며 아이들의 모습도 조용하고 가라앉는 분위기를 띤다. 게다가 회색 옷의 목사님이 안전과 보호를 상징하는 가로대를 걸쳐놓고 그 아이들을 인도해서 어둠 속으로 데리고 간다. 그들이 향하는 곳은 밤과 잠, 죽음과 안식의 세계를 연상하게 한다.

321 | 바람소리

Of all the Sounds despatched abroad,

Of all the Sounds despatched abroad,
There's not a Charge to me
Like that old measure in the Boughs—
That Phraseless Melody—
The Wind does—working like a Hand,
Whose fingers comb the Sky—
Then quiver down—with tufts of tune—
Permitted Gods, and me—

Inheritance, it is to us—
Beyond the Art to Earn—
Beyond the trait to take away
By Robber, since the Gain
Is gotten not of fingers—
And inner than the Bone—
Hid golden, for the Whole of Days,

And even in the Urn,

I cannot vouch the merry Dust

Do not arise and play

In some odd Pattern of its own,

Some quainter Holiday,

When Winds go round and round in Bands —

And thrum upon the door,

And Birds take places, overhead,

To bear them Orchestra.

I crave Him Grace of Summer Boughs,

If such an Outcast be —

Who never heard that fleshless Chant —

Rise —solemn —on the Tree,

As if some Caravan of Sound

Off Deserts in the Sky,

Had parted Rank,

Then knit and swept —

In Seamless Company —

사방팔방으로 급파된 모든 소리들 가운데,

사방팔방으로 급파된 모든 소리들 가운데,

나를 그처럼 채워 주는 것은 없다
나뭇가지에서 들려오는 저 옛 선율처럼—
말 없는 저 곡조처럼—
하늘을 빗는—바람의 손가락들이,
손처럼 일하며 연주하는—
그러고는 떨리며 내려와—곡조의 술들과 함께—
신들과, 나에게 허락되는—

그것은 우리에게, 상속재산이다—
습득하려는 솜씨를 넘어서는—
강도에 의해서 빼앗길
특성을 넘어서는, 그 습득이
손가락들에 걸려있는 게 아니라—
뼈보다 더 안쪽에—
금빛으로 숨겨져 있으니까, 일생 동안 내내,
그리고 심지어 항아리 속에서도,
나는 장담할 수 없다 그 흥겨운 먼지가
더 기이한 어떤 축일에,
그 자체의 기이한 패턴으로
일어서서 춤추지 않으리란 것을,
바람이 떼 지어 빙빙 돌며—
그리고 문을 통통 두드릴 때,
그리고 새들이 바람 소리에, 오케스트라로 반주해 주려고
머리 위에서, 자리 잡을 때.

나는 그를 위해 여름 나뭇가지의 은총을 갈구한다,

그가 그처럼 추방된 사람일지라도—

육신이 없는 그 멜로디를 들은 적이 없는—

그게—장엄하게—나무 위로 솟아오르는 것을,

마치 어떤 소리의 대상(隊商)이

저 먼 하늘의 사막에서,

줄지어 갈라졌다가,

다시 이음매 없는 행렬로—

짜여서 휩쓸려가듯—

▧ ▨ ■ 해설

바람 소리 혹은 바람이 내는 음악 소리에 대한 예찬이다. 화자는 바람 소리만큼 자신의 마음속에 느낌을 충만하게 하는 것이 없다고 말한다. 바람이 일종의 생명 에너지라도 되는 듯한 느낌이다. 우선 바람이 하늘을 빗질하여 구름들을 가지런하게 파상 모양으로 줄지어 갈라놓는다. 그런 다음 바람의 손가락들이 떨리며 지상으로 내려와 나뭇잎들을 흔들어서 곡조의 "술들"(tufts)을 만들어낸다. 나뭇가지들이 바람에 소리를 내는 것이다. 그 음악은 신들과 화자 자신에게 듣도록 허락되었다. 화자는 그걸 들을 수 있는 능력을 가진 것이다. 두 번째 연에서는 바람 소리를 들을 수 있는 그와 같은 감각이 의지나 노력으로 습득되는 것이 아니며 강도에게 빼앗길 수 있는 것도 아닌 상속받은 것, 즉 유전에 의한 것이라고 말한다. 그리고 그것은 단순히 손가락으로 다루어지는 기교나 기술의 차원이 아니라 뼛속보다 더 깊은 어떤 곳(영혼)에 평생토록 간직된 "금빛" 적성이다. 그 바람이 휘돌면 심지어 항아리 속에 들어 있는 죽은 자들의 유해도 일어나 춤추게 된다. 두 번째 연의 마지막 두 행은 바람 소리의 청각적 이미지와 시각적인 이미지가 융합된다. 나무에서 새들이 바람 소리에 오케스트라 반주를 해주려고 홰를 틀고 앉는다. 마지막 연에서 화자는 "그에게" "여름 나뭇가지의 은총"이 있기를 기도로 염원한다. 아마도 "그"는 화자나 신들처럼 바람 소리를 감상할 능력을 유산으로 물려받지 못한 (추방된) 사람일 것이다. 첫 번째 연에서 바람이 하늘에서 내려와 지상의 사물들을 흔들어 음악 소리를 내었다면 마지막 연에서는 그와 반대로 바람이 다시 나뭇가지를 흔들어 음악 소리를 내며 지상에서 하늘로 장엄하게 솟아오른다. 그러한 바람 소리(각각의 잔바람들)의 이동이 마치 대상(Caravan)의 움직임처럼 어느 순간 갈라졌다가 이내 다시 하나로 모이며 어떤 이음새도 없이 유연하게 이어진다.

322 | 이 삶에서 이루지 못한 사랑

There came a Day at Summer's full,

There came a Day at Summer's full,
Entirely for me —
I thought that such were for the Saints,
Where Resurrections — be —

The Sun, as common, went abroad,
The flowers, accustomed, blew,
As if no soul the solstice passed
That maketh all things new —

The time was scarce profaned, by speech —
The symbol of a word
Was needless, as at Sacrament,
The Wardrobe — of our Lord —

Each was to each The Sealed Church,

Permitted to commune this — time —
Lest we too awkward show
At Supper of the Lamb.

The Hours slid fast — as Hours will,
Clutched tight, by greedy hands —
So faces on two Decks, look back,
Bound to opposing Lands —

And so when all the time had failed,
Without external sound
Each bound the Other's Crucifix —
We gave no other Bond —

Sufficient troth, that we shall rise —
Deposed — at length, the Grave —
To that new Marriage,
Justified — through Calvaries of Love —

여름의 정점에서 어떤 날이 찾아왔다,

여름의 정점에서 어떤 날이 찾아왔다,
오로지 나만을 위한 —

나는 그런 날은 성자들에게나 오는 거라고 생각했다,
부활이 시작되는—곳에서—

해는, 늘 그렇듯, 집을 나갔고,
꽃들은, 익숙한 모습으로, 만개했고,
마치 어떤 영혼도 모든 것들을 새롭게 만드는
하지점을 지나가지 않은 것처럼—

그 시간은 거의 더럽혀지지 않았다, 말에 의해—
어떤 단어의 표상도
소용없다, 마치 성찬식에서,
우리 주님의—복장이 필요하지 않듯—

각자는 각자에게 봉인된 교회였다,
성찬을 받도록 허락된 이—때에—
우리가 너무 어색하게 보일까 봐
어린 양을 위한 만찬에서.

시간이 재빨리 지나가고—시간이 늘 그렇듯,
탐욕스러운 손아귀에 의해서, 단단히 붙들려—
그래서 얼굴들이 두 개의 갑판 위에서, 뒤돌아본다,
서로 반대되는 땅으로 향해진 채—

그리고 그처럼 모든 시간이 실패했을 때,

외부로 표현된 소리가 없이
각자 상대방의 십자가 처형으로 향해져—
우리는 다른 어떤 것도 보증하지 않는다—

사랑의 갈보리를 통해—정당화된—
그 새로운 결혼으로,
우리가 올라갈 거라는, 충분한 약속이—
증언했다—마침내, 그 무덤을—

■ ■ ■ **해설**

하지인 6월 21일경은 북반구에서는 여름의 생명력이 가장 무성할 때이다. 화자는 꽃이 만개하고 성자들의 부활이 시작되는 듯한 그런 날이 자신에게 매우 특별한 날이라고 생각한다. 그날은 성찬식에서 주님이 어떤 복장을 갖출 필요가 없듯이 화자에게도 굳이 말이 필요하지 않은 때이기도 하다. 말이 신성함을 더럽힐 수 있으니까. 인간적인 의식이나 격식이 무의미한 상황이다. 화자는 이처럼 성스러운 만찬의 시간에 "우리"(화자와 함께 또 누군가)가 어색해 보이면 안 된다고 생각한다. 그처럼 신성한 시간에 그 두 사람은 마치 각자 봉인된 교회 속에 있는 것처럼 느낀다. 다섯 번째 연에서 그 두 사람의 시간이 너무도 빨리 지나가서 그날이 끝나갈 때 그들은 탐욕스러운 손아귀에 붙들려서 각자 다른 곳을 향해 보내지는 각기 다른 배의 갑판 위에 태워져 있다. 그들은 아무런 표현도 하지 못한 채 마치 각자 십자가 처형대로 끌려가는 듯이 느낀다. 그리고 마지막 연에서 그들은 죽어서 천국에서의 영원한 결혼을 꿈꾼다. 그러한 결혼은 주님의 십자가 처형으로 인간에게 정당화된 부활이고 재회이다. 이루어질 수 없는 사랑에 대한 애타는 호소

이며, 이 삶에서 이루지 못한 결합이 부활의 날에라도 결국 이루어지기를 바라는 화자의 심정이 담겨 있다.

324 | 자연이라는 교회

Some keep the Sabbath going to Church—

Some keep the Sabbath going to Church—
I keep it, staying at Home—
With a Bobolink for a Chorister—
And an Orchard, for a Dome—

Some keep the Sabbath in Surplice—
I just wear my Wings—
And instead of tolling the Bell, for Church,
Our little Sexton—sings.

God preaches, a noted Clergyman—
And the sermon is never long,
So instead of getting to Heaven, at last—
I'm going, all along.

어떤 사람들은 교회에 나가 안식일을 지킨다—

어떤 사람들은 교회에 나가 안식일을 지킨다—
나는 집에 머무르며, 그것을 지킨다—
보보링크 새 한 마리를 성가대원으로 하여—
그리고 과수원을, 교회 천장 삼아—

어떤 사람들은 흰옷을 입고 안식일을 지킨다—
나는 단지 나의 날개를 입는다—
그리고 교회에 나오라고, 종을 울리는 대신에,
우리의 귀여운 교회지기가—노래한다.

저명한 목사인, 하나님이 설교하신다—
그리고 설교는 결코 지루하지 않다,
그래서 천국에 도달하는 대신에, 마침내—
나는 가고 있다, 줄곧.

■ ■ ■ **해설**

디킨슨의 시에서 가장 잘 알려진 시 중 하나이다. 자연이라는 교회를 찬양하는 시
이다. 디킨슨은 교회를 충실하게 나가지는 않았던 것으로 알려져 있다. 당시 뉴잉
글랜드에는 캘빈교파가 지배적이었고 교회의 분위기는 무겁고 지루하고 엄숙했
다. 화자가 흰 성가복을 입지 않고 천사에게나 허용된 날개를 입었다는 표현은 그

녀가 일반 교인들보다 영적으로 더 높은 등급에 속한다고 스스로 믿는 것 같다. 두 번째 연의 "교회지기"란 첫 번째 연의 "보보링크" 새를 가리킨다. 마지막 두 행이 깊은 의미를 담고 있다. 화자의 여정은 천국에 도착하지 않는 여행길이다. 오히려 그녀는 그곳을 향해 계속해서 가고 있을 따름이다. 천국은 가 닿는 곳이 아니라 끊임없이 지향하는 대상이다.

326 ∣ 자신의 시에 대한 믿음

I cannot dance upon my Toes —

I cannot dance upon my Toes —
No Man instructed me —
But oftentimes, among my mind,
A Glee possesseth me,

That had I Ballet knowledge —
Would put itself abroad
In Pirouette to blanch a Troupe —
Or lay a Prima, mad,

And though I had no Gown of Gauze —
No Ringlet, to my Hair,
Nor hopped to Audiences — like Birds,
One Claw upon the Air,

Nor tossed my shape in Eider Balls,

Nor rolled on wheels of snow

Till I was out of sight, in sound,

The House encore me so —

Nor any know I know the Art

I mention — easy — Here —

Nor any Placard boast me —

It's full as Opera —

나는 발끝으로 서서 춤추지 못해—

나는 발끝으로 서서 춤추지 못해—

누구도 나에게 춤을 가르쳐 주지 않았으니까—

하지만 가끔, 마음속으로,

환희에 사로잡히지,

내가 발레를 하는 법을 안다면—

그게 저절로 널리 뽐내겠지

발끝 돌기로 단원들을 깜짝 놀라게 하려고—

혹은 프리마돈나를, 성나게 하려고,

그리고 나는 안개 같은 발레 스커트를 갖지 못했지만—

머리 모양도, 고리처럼 하지 않았지만,

한쪽 발톱을 공중으로 치켜들고,
관중들을 향해 새들처럼 - 도약하지도 못했지만,

백조의 호수에서와 같은 모습으로 박차고 오를 수도 없지만,
눈의 바퀴와 같은 모습으로 구를 수도 없지만
내가 음향 속에서, 사라져 보이지 않게 될 때까지,
공연장이 나에게 앙코르를 외칠 때까지 -

내가 그 기교를 안다는 걸 그 누구도 모르지만
내 말은 - 여유롭게 - 여기에서 -
또한 어떤 플래카드도 나를 띄워주지 않지만 -
공연장이 오페라 하우스처럼 가득하여 -

■ ■ ■ **해설**

화자는 자신이 발끝 돌기와 같은 발레 기술을 배우지 않았고, 백조 같은 의상도 없고, 한 발을 치켜들고 종종거리는 새들처럼 기량을 뽐낼 수도 없으며, 자기 이름이 플래카드에 홍보되어 세상에 알려지지도 않았지만 자신이 발레를 멋지게 공연해서 사람들을 깜짝 놀라게 하고, 프리마돈나로 하여금 질투심에 화가 나게 하며, 자신의 공연장이 오페라 하우스처럼 관중으로 가득하게 되는 상황을 상상하고 환희에 빠진다고 말한다. 이 시는 발레에 대해 묘사하고 있지만 자신이 쓰는 시에 대한 디킨슨의 자신감을 표현한 작품이라고 볼 수 있다. 지금 당장은 세상 사람들의 관심과 환호를 받지 못하지만 자신의 시가 언젠가는 세상을 감동시킬 거라고 상상하고 있다. 발레 공연에 관한 구체적이고 생생한 표현이 재미있다. 자

신만의 고유한 시 세계와 시적 능력에 대한 믿음이 잘 드러난 시이다. 그리고 그녀의 그러한 믿음은 전 세계의 독자들이 그녀의 시에 환호를 보내고 있는 오늘날 현실이 되었다.

327 | 시각적 경험과 영혼의 경험

Before I got my eye put out

Before I got my eye put out
I liked as well to see—
As other Creatures, that have Eyes
And know no other way—

But were it told to me—Today—
That I might have the sky
For mine—I tell you that my Heart
Would split, for size of me—

The Meadows—mine—
The Mountains—mine—
All Forests—Stintless stars—
As much of Noon as I could take—
Between my finite eyes—

The Motions of the Dipping Birds―
The Morning's Amber Road―
For mine―to look at when I liked―
The News would strike me dead―

So safer―guess―with just my soul
Upon the Window pane―
Where other Creatures put their eyes―
Incautious―of the Sun―

내 한쪽 눈의 시력을 잃게 되기 전에

내 한쪽 눈의 시력을 잃게 되기 전에
나는 잘 보고 싶었어―
두 눈을 가진, 다른 동물들만큼
그리고 다른 방식은 모르는―

그러나 내가 듣게 될 수 있다면―오늘―
하늘을 내 것으로
가질 수 있다고―나는 너에게 말하련다 내 심장이
쪼갤 것이라고, 나의 크기에 맞게―

저 초원―내 것이야―

저 산—내 것이야—
모든 숲—무수한 별들도—
내가 가질 수 있는 만큼의 정오도—
내 제한된 두 눈 사이에—

물에 살짝 몸을 담그는 새들의 움직임도—
아침의 호박색 길도—
내 것으로—내가 원할 때 보기 위한—
그 소식은 나에게 치명적인 타격일 거야—

그래서 더 안전하지—단지 내 영혼을—유리창에 둔 채
짐작하는 게—
거기에 다른 피조물들은 눈을 두고 있고—
해를—조심하지 않은 채—

■ ■ ■ **해설**

디킨슨은 시력이 나빴고 시각에 여러 가지 문제가 있어서 평생 어려움을 겪었다고 알려져 있다. 자연 현상을 섬세하게 관찰하고 책을 읽고 시를 썼던 그녀에게 그처럼 시력이 점점 나빠지는 것은 일종의 공포였을 것 같다. 이 시에서 화자는 한쪽 눈의 시력을 상실하게(put out) 될 경우를 가정하면서 말을 시작한다. 그녀는 그렇게 되기 전에 세상의 장관과 경이로움을 보려 한다. 그런 그녀에게 사물을 보는 것은 곧 그 사물을 소유하는 것이 된다. 하늘도 자신만의 크기로 나누고, 초원과 산, 숲과 정오의 햇빛도 봄으로써 소유하려 한다. 거기에는 물 위에 날면서 몸을 적시는 새들이나 아침노을에 물든 길도 포함된다. 그런데 화자는 그처럼 두 눈으로 세상의 장관을 지각하는 것이 자신에게 치명적이라고 생각한다. 마치 해를 직접 바라보는 것이 위험한 것처럼 말이다. 세상의 진실이나 현실을 낱낱이 사실대로 보고 소유하려 드는 것은 위험한 일이다. 우리에게는 사실을 볼 수 없다는 것이 더 안전한 경우도 있다. 어쩌면 한쪽 눈은 닫는 것이 더 안전할 수도 있다. 화자는 그처럼 한쪽 눈만을 통해서 그리고 나머지는 자기 영혼의 눈이라는 유리창ᅳ사람들은 눈이 영혼의 창이라고 생각하기도 한다ᅳ을 통해서 세상을 보려 한다. 그에 비해 다른 사람들(피조물들)은 전혀 조심하지 않고 세상을, 해를 바라본다. 그들에게 영혼의 눈은 꺼져 있다.

332 | 두 가지 성숙

There are two Ripenings—one—of sight—

There are two Ripenings—one—of sight—
Whose forces Spheric wind
Until the Velvet Product
Drop spicy to the Ground—

A homelier maturing—
A process in the Bur—
That teeth of Frosts alone disclose
In far October Air.

익는 것에는 두 가지가 있다 그중—하나는—눈에 보이는 것—

익는 것에는 두 가지가 있다 그중—하나는—눈에 보이는 것—
그것의 힘들이 공 모양으로 감긴다
그 벨벳 산물이

향긋하게 땅에 떨어질 때까지―

보다 더 소박하게 성숙하는 것은―
가시들 속에서 이루어지는 과정이다―
서리의 이빨만이 드러내는
깊어가는 시월의 대기에.

■■■ 해설

이 시는 각기 다른 두 가지 과일이 각기 다른 모습으로 늦여름이나 가을에 익어가는 양상을 묘사한다. 첫 번째 연에 묘사된 과일은 "향긋한 벨벳" 모양이라는 것으로 보아 복숭아일 것이다. 우리 눈에 드러나는 그 모습은 공 모양(sphere)으로 자라고 익어서 나무에서 떨어진다. 그것은 마치 실이 감겨서 공 모양이 되는 것처럼 자라서 산물이 된다. 그것은 외적인 성장이고 변화여서 우리의 시각으로 충분히 확인된다. 이와 대비되어 두 번째 과일은 그 성장과 성숙 과정이 우리 눈에 띄지 않는다. "가시들 속에" 들어 있는 것으로 보아 밤일 것이다. 그것은 외적인 성장이 아니라 철저히 내적인 성숙이다. 그 변화 과정이 우리 눈에 보이지 않는다. 화자는 복숭아가 "익어서"(ripening) "산물"(product)로서 가치를 갖는 데 반해서 밤은 "성숙하는"(maturing) "과정"(process)으로서 의미를 가진다고 말한다. 정신적 성숙을 상징하는 밤이 우리에게 더 큰 의미를 전해준다. 가시투성이의 밤송이 속에서 갈색의 알밤이 자라고 익어서 10월 서리가 내리면 밤송이가 벌어져 윤이 나는 갈색 알맹이가 드러난다. 그것이 더 소박한 성숙이다. 인간의 내적 성숙은 알밤처럼 진행된다. 가시 송이 속에서 눈에 띄지 않게 자라서 서리의 시련을 받았을 때 그 모습이 드러난다.

333 | 풀잎

The Grass so little has to do—

The Grass so little has to do—
A Sphere of simple Green—
With only Butterflies to brood
And Bees to entertain—

And stir all day to pretty tunes
The Breezes fetch along—
And hold the Sunshine, in its lap
And bow to everything—

And thread the Dews, all night, like Pearl—
And make itself so fine
A Duchess were too common
For such a noticing—

And even when it die—to pass

In Odors so divine —
As lowly spices, laid to sleep —
Or Spikenards, perishing —

And then, in Sovereign Barns to dwell —
And dream the Days away,
The Grass so little has to do
I wish I were a Hay —

풀잎은 너무도 할 일이 없네 —

풀잎은 너무도 할 일이 없네 —
단순한 초록 본분을 수행하는 데는 —
단지 나비들과 더불어 생각에 젖고
그리고 꿀벌들을 환대하는 —

그리고 산들바람이 가져온
예쁜 가락에 맞춰 온종일 몸을 흔들고 —
그리고 무릎에, 햇빛을 붙들고
그리고 모든 것에 인사를 건네는 데는 —

그리고 밤새, 진주 같은, 이슬을 꿰어 —
그리고 너무도 아름답게 치장하는 데는

공작부인이라도 너무 평범해 보여서
그처럼 눈길을 끌지는 못했겠지-

그리고 그것이 죽을 때조차도-그처럼 신성한 향기를
건네주는 데는-
소박한 방향(芳香)만큼, 잠을 자려 몸을 눕힐 때-
혹은 은은하게 사라지는, 감송향만큼[12] -

그런 다음, 지고의 헛간에 거주하며-
그리고 많은 날을 꿈꾸며 보내는 데는,
풀잎은 너무도 할 일이 없네
내가 한 가닥 건초라면 얼마나 좋을까-

■ ■ ■ 해설

자연에 대한 디킨슨의 낭만적이고도 섬세한 감성이 잘 드러나는 시이다. 풀잎에
대해 꿈꾸는 듯 아름다운 관조와 명상이 진행된다. 시의 첫 행이 너무도 평온하고
한가하여 시간이 정지된 듯하다. 하루하루가 지나가는데도 풀잎이 하는 일이라고
는 나비와 더불어 생각에 잠기는 것(혹은 'brood'라는 단어의 이중의미 때문에 애
벌레를 부화시켜 나비로 만드는 것)이나 꿀벌을 즐겁게 해주는 것 말고는 할 일이
없다. 거기에 숲이나 초원에서 불어오는 산들바람이 일으키는 잔잔한 가락에 맞

---

12) 감송향(Spikenard)은 히말라야 등지에서 자라는 일종의 인동덩굴 종류의 식물의 꽃으로부
   터 얻어지는 방향성 정유이다.

춰 한들거리는 것이 풀이 하는 일의 전부이다. 밤에는 진주 같은 이슬을 맺게 하여 떠오르는 햇빛에 반짝이게 한다. 풀잎의 그처럼 소박한 아름다움에 비하면 공작부인도 눈길 한 번 받지 못할 것이다. 네 번째 연과 마지막 연은 풀잎의 죽음, 즉 건초에 대해 말한다. 건초는 살아있던 푸른 풀잎의 단순한 죽음이라기보다는 그 이상의 상태를 나타낸다. 즉 죽음 이후의 상태를 보여준다. 그것은 일종의 영적으로 부활한 상태이다. 그 부활은 너무도 소박하고 자연스러우며 향기로운 영적 상태이다. 천국에서의 존재 상태라지만 호화롭고 찬란한 생활이 아니다. "헛간에" 누워서 향기를 맡으며 편안하고 한가로이 꿈꾸는 생활이다. 고되고 번거로운 일상의 일들이 전혀 없다. 그런데 아이러니하게도 이 시는 풀잎이 하는 수많은 일을 거듭해서 사용된 "그리고"(and)를 통해서 열거하고 있다. 사실 풀잎은 자연의 일들을 수행하느라 몹시 바쁘다. 영혼의 목가시라고 할 수 있을 것 같다.

338 | 신의 존재

I know that He exists.

I know that He exists.
Somewhere—in Silence—
He has hid his rare life
From our gross eyes.

'Tis an instant's play.
'Tis a fond Ambush—
Just to make Bliss
Earn her own surprise!

But—should the play
Prove piercing earnest—
Should the glee—glaze—
In Death's—stiff—stare—

Would not the fun

Look too expensive!
Would not the jest—
Have crawled too far!

나는 그분이 존재한다는 것을 알고 있어.

나는 그분이 존재한다는 것을 알고 있어.
어딘가—침묵 속에서—
그분은 자신의 귀한 삶을 감췄지
우리의 상스러운 눈이 볼 수 없도록.

그건 즉각적인 장난이야.
그건 애정 어린 매복이야—
단지 축복으로 하여금
자신의 깜짝 선물을 받게 만들려는!

하지만—그 장난이
뼈에 사무칠 만큼 중대하다고 판명된다면—
그 즐거움이—생기가 없어진다면—
죽음의—뻣뻣한—응시 속에서—

그 재미라는 게
너무 값비싼 것 같지 않은가!

그 장난이 지나치게 멀리까지-
기어간 건 아닌가!

■■■ **해설**

하나님은 사람들에게 모습을 보이지 않는다. 그런데도 사람들은 그가 있다고 믿
으려고 애쓰거나 믿는 척한다. 사람들은 그가 존재한다는 증거나 표식을 원한다.
이 시의 화자는 사람들의 그런 생각에 도전한다. 우선 그녀는 하나님이 존재한다
는 사실을 알고 있다고 선언하면서 말을 시작한다. 그러나 그분은 너무나 귀한 존
재여서 우리의 "상스러운 눈"에 보이지 않는다는 것이다. 화자는 숨어 있는 하나
님과 그를 찾으려는 사람들 사이의 관계를 숨바꼭질과 같은 놀이로 희화화한다.
하나님이 인간을 깜짝 놀라게 해주려고 자신의 몸을 숨기는 놀이를 하는 것이다.
세 번째 연에서 화자는 하나님이 행하는 그런 장난의 동기에 이의를 제기한다. 하
나님은 그것을 "놀이"로 한다지만, 사람들에게는 위험한 놀이이다. 인간이 하나님
을 찾아내게 되어 그의 모습을 본다는 것은 인간에게 축복이라기보다는 죽음을
의미하기 때문이다. 그것은 너무나 심각한 상황이어서 기쁨이 아니라 십자가에
못 박히는 것(piercing)과 같은 경험, 즉 죽음이다. 그러나 마지막 연에서 항의하는
듯한 화자의 어조는 무겁고 심각하다기보다는 다소 가벼운 풍자의 느낌이 든다.
천진스럽게 따지는 듯한 어조 때문이다. 이 시는 맹신적인 종교적 태도를 가벼운
어조로 비꼬는 듯한 느낌을 준다.

339 | 찾아오지 않는 사랑

I tend my flowers for thee —

I tend my flowers for thee —
Bright Absentee!
My Fuchsia's Coral Seams
Rip — while the Sower — dreams —

Geraniums — tint — and spot —
Low Daisies — dot —
My Cactus — splits her Beard
To show her throat —

Carnations — tip their spice —
And Bees — pick up —
A Hyacinth — I hid —
Puts out a Ruffled Head —
And odors fall
From flasks — so small —

You marvel how they held—

Globe Roses—break their satin flake—
Upon my Garden floor—
Yet—thou—not there—
I had as lief they bore
No Crimson—more—

Thy flower—be gay—
Her Lord—away!
It ill becometh me—
I'll dwell in Calyx—Gray—
How modestly—alway—
Thy Daisy—
Draped for thee!

나는 그대를 위해 꽃을 가꾸죠—

나는 그대를 위해 꽃을 가꾸죠—
눈부신 부재자여!
내 푸셔꽃의13) 산홋빛 이음매가

---

13) 푸셔꽃은 바늘꽃과의 관상용 잡목이다.

벌어지네요 - 씨를 뿌린 사람이 - 꿈꾸는 동안 -

제라늄이 - 엷게 물들더니 - 반점이 되네요 -
나지막한 데이지꽃이 - 점점이 떠오네요 -
내 선인장이 - 턱수염을 가르더니
목구멍을 드러내네요 -

카네이션이 - 향기를 기울여 붓네요 -
그러자 벌들이 - 줍네요 -
내가 숨겨놓은 - 히아신스 한 송이가 -
복슬복슬한 머리를 내미네요 -
그러자 향기가 쏟아지네요
너무도 작은 - 플라스크에서 -
그것들이 그걸 어떻게 담고 있었는지 놀랍네요 -

골든 글로브 장미꽃이14) - 공단 조각을 흩뜨리네요 -
내 정원 바닥에 -
그런데도 - 그대가 - 거기 없으니 -
나는 차라리 그들이 간직하지 않았으면 좋겠어요
심홍색을 - 더 이상 -

그대의 꽃은 - 쾌활하지만 -

---

14) 보통 (golden) globe rose는 노란색 장미의 일종이지만, 여기서는 붉은색(crimson) 장미이다.

그녀의 주인님은-멀리에 있네요!

나는 그게 마음에 들지 않아요-

나는 꽃받침 속에 거주할래요-창백한-

어찌나 겸손하게-항상-

그대의 데이지꽃은-

그대를 위해 옷을 걸쳐 입는지!

■■■ 해설

꽃에 대한 묘사는 흔히 성적인 뉘앙스를 풍긴다. 꽃이 자신들을 찾아 헤매는 벌에게 문을 열어주고 자신의 은밀한 부분으로 유혹해서 벌이 꿀을 찾을 수 있도록 해준다는 점에서 그렇다. 이 시에는 여성 화자인 '나'와 그녀의 '꽃', 그리고 화자의 남성 연인인 '그대'가 등장한다. 화자가 그대를 위해 자신의 꽃밭에 여러 가지 꽃을 심어(sower) 가꾸는데, 그것을 보아줄 '그대'는 거기에 없다. 그런 '그대'를 화자는 "눈부신 부재자"라고 부른다. 첫 번째 연의 끝부분에서 푸셔꽃의 봉오리가 벌어진다. 두 번째 연에서는 제라늄과 데이지, 선인장이 꽃을 피우며, 세 번째 연에서는 카네이션이 향기를 발산하여 벌을 유혹하고 히아신스도 역시 꽃을 피워 향기를 내뿜고 벌에게 꿀을 선사한다. 그 꿀은 "너무도 작은 플라스크"에 담겨 있다. 네 번째 연에서는, 대표적으로 애정을 상징하는 붉은 장미꽃이 한창때를 지나 꽃잎을 떨군다. 화자는 그 붉은 꽃잎이 한 잎씩 떨어지는 것이 안타까워 차라리 붉지나 않았으면 하고 바란다. 마지막 연에서는 이제까지 꽃들이 피고 지는 현상을 묘사한 것과 그것을 대하는 화자의 심정을 종합하고 마무리한다. 꽃은 쾌활하게 피었다 지는데 정작 그것을 보아줄 그대는 먼 곳에 있고 화자는 그런 상황이 마음 아프다. 그래서 화자는 자신이 꽃이 되어 창백한 꽃받침 속에 머물러 있고 싶어

한다. 데이지꽃은 그대가 돌아오기를 기다리며 주름이 잡혀 드리워진 옷을 항상 겸손하게 입고 있다. 잠자리를 함께할 옷차림으로 애인을 기다리는 모습이 연상된다. 자신의 젊음과 여성성이 피어나서 한창때를 지나가는데 그 애정의 욕구를 충족시킬 대상은 어딘가 먼 곳에 있고, 어느새 자신의 젊음이 시들어가는 상황을 의식하는 안타까운 심정이 절실히 느껴지는 시이다.

342 | 계절의 순환과 구원에 대한 약속

It will be Summer —eventually.

It will be Summer —eventually.
Ladies —with parasols —
Sauntering Gentlemen —with Canes —
And little Girls —with Dolls —

Will tint the pallid landscape —
As 'twere a bright Bouquet —
Thro' drifted deep, in Parian —
The Village lies —today —

The Lilacs —bending many a year —
Will sway with purple load —
The Bees —will not despise the tune —
Their Forefathers —have hummed —

The Wild Rose —redden in the Bog —

The Aster — on the Hill
Her everlasting fashion — set —
And Covenant Gentians — frill —

Till Summer folds her miracle —
As Women — do — their Gown —
Or Priests — adjust the Symbols —
When Sacrament — is done —

여름이 올 거야—결국.

여름이 올 거야—결국.
양산 든—숙녀들과—
지팡이 들고—산책하는 신사들—
그리고 인형을 든—어린 소녀들이—

창백한 풍경에 색감을 줄 거야—
마치 화려한 꽃다발처럼—
파로스섬의15) 대리석 속에, 깊숙이 떠내려온—
마을이 놓여 있네—오늘은—

---

15) 'Parian'은 지중해에 있는 파로스(Paros)섬에서 나는 대리석을 가리킨다.

라일락은―여러 해 동안 자라 휘어져―
충만한 자줏빛으로 흔들릴 거야―
벌들은―가락을 멸시하지 않을 거야―
그들의 조상들이―읊조려 왔던―

들장미는―습지에 붉게 피어나고―
애스터꽃은―언덕 위에 피어나
자기의 영원한 유행을―퍼뜨릴 거야―
그리고 서약의 용담풀 꽃은―주름질 거야―

여름이 자기의 기적을 접을 때까지―
여자들이―가운을―접듯―
혹은 사제들이―성스러운 기물들을 정리하듯―
성사가―끝날 때―

■ ■ ■ **해설**

이 시의 화자는 생명력으로 충만한 여름을 기다리는 사람에게 기운을 북돋워 주
는 말을 들려준다. 아마도 겨울을 겪고 있는 사람에게 들려주는 말인 것 같다. 현
재는 파로스섬의 대리석처럼 흰 눈으로 덮인 겨울의 한복판이다. 지금은 그처럼
창백한 풍경이지만 머지않아 양산을 받쳐 든 여인들과 지팡이를 들고 산책하는
신사들, 그리고 인형을 들고 나들이 나온 소녀들로 활기 넘치는 여름이 마침내 찾
아올 것이다. 이 세상의 삶이 겨울과 같은 고난의 시기라면 언젠가 여름처럼 생명
력과 아름다운 꽃으로 가득한 내세의 삶이 올 거라는 약속을 기대하는 듯하다. 세

번째 연부터 네 번째 연은 여러 가지 꽃들이 피어난 여름철 풍경화를 그려준다. 언덕과 들에 자줏빛 라일락꽃과 꿀벌들, 들장미와 애스터꽃, 그리고 "서약"(구원의 약속)을 상징하는 용담풀 꽃들이 인상적이다. 여름이 한껏 펼쳐 보였던 꽃들의 향연은 그 계절이 끝날 때까지 지속된다. 자연은 "영원한 유행"이고, 내세에 대한 신성한 서약을 나타낸다.

마지막 연의 두 번째 행에서부터 시의 주제가 나타난다. 꽃들의 아름다움은 여름이 그 기적을 행하는 일을 마칠 때까지만 유효하다. 여자들이 한철 유행 따라 입었던 옷을 접어 두고, 사제들이 예배 의식을 마치고 사용했던 성배 세트나 예복을 접어서 보관한다. 피어났던 꽃들이 여름의 끝자락에 꽃잎을 닫는 것과 여인들이 가운을 접어서 보관하는 것, 그리고 성직자가 예배를 마치고 성배나 예복을 정돈하는 것 사이에 어떤 관련이 있을까? 순환하는 계절이라는 자연의 섭리와 그에 맞추어 진행되는 가정적인 일상, 그리고 영적인 차원의 종교의식을 연결 지어 제시한다. 네 번째 연에서 구원의 약속을 상징하는 꽃들의 출현을 나열함으로써 내세에 대한 희망과 확신, 믿음을 강조하는 듯하지만, 마지막 연에서는 그러한 희망적인 기대가 무너져버린 듯한 느낌이 든다. 겨울이 다가오면서 꽃들의 아름다움이 사라지고 여자들도 한철 입었던 옷을 접어두고 성직자도 경건한 의식을 마무리하면서 침잠의 시간 속으로 들어가는 느낌이 든다.

345 | 시간의 흐름과 세상의 비밀

Funny—to be a Century—

Funny—to be a Century—
And see the People—going by—
I—should die of the Oddity—
But then—I'm not so staid—as He—

He keeps His Secrets safely—very—
Were He to tell—extremely sorry
This Bashful Globe of Ours would be—
So dainty of Publicity—

한 세기가 되어보는 건—재미있겠지—

한 세기가 되어보는 건—재미있겠지—
그래서 사람들이—지나가는 것을 바라보는 건—
난—그 기묘함에 재미있어서 죽을 지경일 거야—

하지만 그 경우-그이만큼-난 착실하지는 않아-

그이는 비밀을 안전하게 지키지-정말-
그이가 비밀을 말해버린다면-너무나 유감스러울 거야
이 수줍어하는 우리의 지구는-
남들 앞에서 너무도 고상을 떤단 말이야-

■ ■ ■ 해설

화자는 자신이 백 년이라는 시간의 입장이 되어 그동안 사람들이 행한 모든 일을 알 수 있게 된다면 그 삶의 기묘한 모습에 정말 재미있어질 거라고 상상한다. 첫 연의 끝에 제시된 "그이"(He)는 시간이다. 그리고 그는 매우 안정적이다. 즉 과묵하다. 그이는 모든 비밀을 알고 있지만 결코 어떤 말도 하지 않는다. 반면에 시간의 상대방인 화자나 지구 혹은 세상은 시간만큼 안정적이지 못하다. 여성으로 표현된(Bashful, dainty) 세상은 자신의 행적이 드러나는 걸 기분 상해한다. 세상에는 드러난 일보다 드러나지 않거나 드러낼 수 없는 일이 비교할 수 없을 정도로 많다. 드러나는 것은 빙산의 일각에 불과하다. 묵묵한 시간은 그 모든 비밀을 묻어 둔다. 그것들이 다 드러난다면 체면 차리며 고상 떠는 우리는 견딜 수 없을 것이다. 화자는 그런 것을 혼자 상상해 보고 "재미있어서 죽을 지경"이다. 우리는 왜 무엇을 숨겨야 하며, 얼마나 숨겨야 하는가? 마을사람들의 무수한 사연을 보아서 알고 있을 수백 년 된 당산나무의 입장이 되어보는 것도 꽤 재미있을 것 같다.

350 | 이루어질 수 없는 사랑

They leave us with the Infinite.

They leave us with the Infinite.
But He—is not a man—
His fingers are the size of fists—
His fists, the size of men—

And whom he foundeth, with his Arm
As Himmaleh, shall stand—
Gibraltar's Everlasting Shoe
Poised lightly on his Hand,

So trust him, Comrade—
You for you, and I, for you and me
Eternity is ample,
And quick enough, if true.

그들이 우리를 무한하신 분께 맡겨버렸어요.

그들이 우리를 무한하신 분께 맡겨버렸어요.
하지만 그분은—사람이 아니죠—
그분의 손가락은 주먹만 하죠—
그분의 주먹은, 사람만 하죠—

그리고 그들을 기초한 그분이, 히말라야 같은
자기 팔로, 지탱할 겁니다—
그분의 손에 가볍게 균형 잡혀 놓인
지브롤터의 영원한 신발을,

그러니 그분을 믿으세요, 동지여—
당신은 당신을 위해, 그리고 나는, 당신과 나를 위해
영원은 광대하죠,
그리고 충분히 빨리 오죠, 만약 사실이라면.

▓▒■ 해설

살아 있는 동안 이룰 수 없는 사랑을 죽은 후에 천국에서라도 이루겠다는 의지를 표현하는 시이다. 화자는 자기 연인의 흔들리는 마음을 다잡아 주려고 시도한다. 이루어질 수 없는 사랑에 화자의 연인은 좌절하고 있다. 이 시는 대화나 플롯의 중간에서부터 시작되는(in medias res) 방식을 취하고 있다. 첫 행에서 화자는 돌연

"그들(아마도 어떤 사회적 조건)이 우리를 무한하신 분께 맡겨버렸어요"라고 말함으로써 자기들(화자와 그녀의 연인)의 사랑이 이 생애에서는 이루어질 수 없는 운명이라고 전제한다. 그리고 화자가 영원 속에서는 두 사람이 함께할 수 있을 거라고 자신의 연인을 설득한다. 그 영원의 세상, 천국에서는 초월적인 능력을 가진 하나님이 그들의 사랑을 보장해 줄 것이라고 말한다. 하나님은 엄청난 크기와 어마어마한 능력을 갖고 있으니 그분이 보장해 주는 것은 지금 이 생에서 사랑을 보장받는 것보다 비교할 수 없을 정도로 더 확실하다. 그러니 화자는 자기 연인에게 굳게 믿으라고 권고한다. 마지막 연이 흥미롭다. 화자는 하나님에게 보장받게 될 사랑에 대해 믿음을 갖는 것이 매우 어려운 일이라고 생각한다. 그래서 그녀는 상대방에게는 그처럼 큰 어려움 중에서 단지 자기 자신의 몫—"당신을 위해"—만 감당하라고 제안하고, 두 사람 공동의 몫—"당신과 나를 위해"—은 화자 자신이 맡겠다고 말한다. 지금 좌절을 주는 이 삶은 매우 빨리 지나갈 것이고 곧 영원의 삶이 주어질 것이니 걱정하지 말고 마음을 굳게 먹으라고 설득한다. 그러나 마지막 행에서 화자는 또 다른 생각을 표현한다. 그녀의 "그게 만약 사실이라면"이라는 마지막 표현은 화자 자신이 지금까지 주장해 온 믿음을 근본적으로 흔들어버린다. 이 삶에 이어서 절대자 하나님이 주관하는 영원의 삶이 있다는 것이 사실인지 아닌지 확신하지 못한다. 지극히 인간적이고 정직한 태도이다.

351 | 절망을 극복하려는 노력

I felt my life with both my hands

I felt my life with both my hands
To see if it was there —
I held my spirit to the Glass,
To prove it possibler —

I turned my Being round and round
And paused at every pound
To ask the Owner's name —
For doubt, that I should know the sound —

I judged my features — jarred my hair —
I pushed my dimples by, and waited —
If they — twinkled back —
Conviction might, of me —

I told myself, "Take Courage, Friend —

That — was a former time —
But we might learn to like the Heaven,
As well as our Old Home!"

나는 양손으로 내 삶을 만져보았어

나는 양손으로 내 삶을 만져보았어
그게 거기 있는지 알아보려고 —
내 영혼을 거울에 비춰보았어,
그렇게 하는 게 더 가능한지 입증하려고 —

나는 내 존재를 이리저리 돌려가며 살펴보았어
그리고 각각의 각도에서 잠시 멈추었어
주인의 이름을 묻기 위해서 —
내가 그 이름을 듣고 알 수 있을지, 의심이 들어서 —

나는 내 얼굴을 판단해 보았어 — 머리카락을 헝클어도 보았어 —
내 보조개들을 손가락으로 밀어보았어, 그리고 기다렸어 —
그것들이 — 생긋 웃음으로 응답한다면 —
아마도 확신이 들겠지, 나에 대해 —

나는 나 자신에게 말했어, "용기 내, 친구야 —
그건 — 지나간 시간이야 —

오히려 우리는 천국이 좋은 곳임을 알게 될 거야,
우리의 옛집만큼이나!"

▪ 해설

우리는 살아가다가 갑자기 불행의 밑바닥에 떨어진 듯 느껴지는 순간을 경험할 수도 있다. 삶이 지옥으로 떨어진 듯하거나 갑자기 한 치 앞이 보이지 않는 암흑 속에 빠진 듯한 상황에 처하게 되기도 한다. 그것이 사랑하는 사람을 잃어버려서이든, 경제적 파산에 의한 것이든, 불치병 선고를 받아서이든, 존재적 좌절에 의한 것이든. 그리고 다시 자신을 돌아보며 추스르려고 시도한다. 이 시의 화자는 그와 같은 근본적인 변화의 상황에 직면해 있다. 화자는 지금 자신이 이전의 자신과 아주 다른 사람처럼 느껴지며 그런 자신을 확인하기 위해서, 다소 장난스럽게, 자신의 모습을 살펴본다. 이 새로운 상태의 자신이 이전과 같은 자신인지 확인하기 위해서. 그리고 절망의 시간이 지나갔다고 느끼며, 어느 정도 자신에 대한 확신이 든다. 그녀는 자신의 겉모습뿐만 아니라 "영혼도" "거울에 비춰"본다. 그래서 이 시에서는 시각적인 이미지가 두드러진다. 양손으로 만져보고, 거울에 비춰본다. 몸을 조금씩 돌려가면서 살펴보며 자신의 이전 이름을 자신이 기억하는지 묻고 확인한다. 머리카락도 부풀려 보고 보조개도 만져본다. 그런 다음 자신에 대해서 어느 정도 확신하게 되어 활기를 회복한 화자는 자신의 몸과 마음에게 기운을 내라고 격려한다. 그건 이미 지나간 일이라고 자신을 다독인다. 이제부터는 그처럼 고통스러운 시간은 더 이상 없을 거라고 위로한다. 시의 마지막 두 행에서 아이러니가 작동한다. 지금부터 새로운 삶을 맞이하게 될 이곳이 천국이라면, 그곳이 그녀가 옛집을 좋아했던 것만큼 좋아할 수 있는 곳일 거라고 스스로에게 말해준다. 새로운 집에 정착하는 것은 옛집을 되찾는 것이다.

355 | 결핍과 욕망의 역설

'Tis Opposites—Entice—

'Tis Opposites—Entice—
Deformed Men—ponder Grace—
Bright fires—the Blanketless—
The Lost—Day's face—

The Blind—esteem it be
Enough Estate—to see—
The Captive—strangles new—
For deeming—Beggars—play—

To lack—enamor Thee—
Tho' the Divinity—
Be only
Me—

마음을 *끄는* 건－반대되는 것들이다－

마음을 *끄는* 건－반대되는 것들이다－
불구가 된 사람은－우아한 몸매에 대해 깊이 생각하고－
담요가 없는 사람은－밝고 따뜻한 난롯불을－
상실감에 빠진 사람은－대낮의 밝은 표정을 사무치게 생각한다

눈이 먼 사람은－높이 평가한다
넉넉한 사유지를－바라보는 것을－
포로는－새삼 질식한다－
거지들이－노니는 것이－대단해 보여서－

부족함이－그대를 매혹시키기를－
비록 신성함이－
단지
나일지라도－

■ ■ ■ **해설**

결핍에서 욕망이 생겨난다. 자기가 갖지 못한 것이 커 보인다. 불구인 사람은 성한 몸이 멋져 보이고, 안방이 없는 사람은 따뜻한 아랫목을 간절히 바라며, 상실감에 빠진 사람은 대낮처럼 보이는 사람들의 밝은 모습이 도드라져 보이고, 눈이 먼 사람은 세상을 마음껏 바라볼 수 있는 것이 가장 절실하게 느껴지며, 자유를

빼앗기면 자유로운 거지가 부러워 보인다. 마지막 연에서 "부족함이 그대를 매혹시킨다"는 표현이 앞선 내용을 요약한다. 그러고 나서 지금까지의 모든 표현이 "나"로 수렴된다. "나"가 신성해 보이는 것은 지극히 개인적인 차원이지만, 그것이 결핍된 "그대"는 나에게 매혹된다. 화자 자신은 "그대"에게 그처럼 신성한 매력으로 비쳤으면 하고 바란다. 그런 관점에서 보면 이 시는 화자가 "그대"로부터 사랑받고 싶은 마음을 은근히 표현하고 있다고 볼 수 있다.

364 | 슬픔을 겪고 난 다음날의 자연

The Morning after Woe —

The Morning after Woe —
'Tis frequently the Way —
Surpasses all that rose before —
For utter Jubilee —

As Nature did not Care —
And piled her Blossoms on —
The further to parade a Joy
Her Victim stared upon —

The Birds declaim their Tunes —
Pronouncing every word
Like Hammers — Did they know they fell
Like Litanies of Lead —

On here and there — a creature —

They'd modify the Glee
To fit some Crucifixal Clef —
Some key of Calvary —

비통함을 겪고 난 다음 날 아침은—

비통함을 겪고 난 다음 날 아침은—
종종 그런 식이야—
그게 이전에 일어났던 모든 것들을 능가하는—
완전한 환희를 위해—

자연은 관심 없는 듯—
꽃들을 줄지어 피워냈지—
그 희생자가 응시했던—
기쁨의 행진을 계속해 나가기 위해

새들이 자기들의 곡조를 변론하지—
모든 단어를 망치질하듯
발음하면서—그들은 알까 그것들이 납의 호칭 기도처럼
떨어져 내렸다는 것을—

여기저기에 있는—어떤 피조물에게—
그들은 기쁨을 변경하려 했어

십자가 고행의 어떤 음자리표에 어울리도록—
갈보리의 어떤 음조를—

▦▦■ 해설

비통한 일을 겪고 난 다음 바라보는 봄날 아침의 자연에서 사람들은 기쁨을 느끼게 될까? 고통을 느끼게 될까? 화자는 고난을 당한 다음 날 아침에 바라보는 아름다운 자연은 고통스럽다고 말한다. 자연이 이전 그 어느 때보다도 더 화려하고 유쾌해 보이지만 거기에는 고통이 배어들어 있다. 이 시에서 화자는 소중한 사람("희생자")이 세상을 떠나서 고통에 빠진 것으로 보인다. 그 사람의 죽음에 무관심한 듯 꽃들이 피어나고 그가 이전에 바라보았을 자연은 여전히 기쁨의 행진을 진행한다. 새들은 온갖 곡조로 노래하는데 화자는 그 새들이 "망치질" 소리 같은 그들의 울음소리가 "납의 무거운 호칭 기도"처럼 들린다는 것을 아는지 궁금해한다. 사랑하는 이를 잃은 화자의 슬픔에 자연은 무관심하거나 심지어 악의를 품고 조롱하는 것처럼 보인다. 그러나 마지막 연에서는 지금까지의 자연의 고통스러운 환희에 대한 느낌과는 다른 느낌이 표현된다. 어떤 새들이 자연의 무심한 기쁨을 변경한 것이다. 화자에게 그 새들의 울음소리가 예수의 십자가 고행을 나타내는 음표를 연주하는 소리처럼 들린다. 자연 현상 중 일부가, 즉 새들 중 일부—아마도 산비둘기—가 예수의 고난과 죽음의 메시지를 전하는 것처럼 들린다. 자연의 일부가 화자의 슬픔에 공감하는 것이다.

369 | 소녀의 죽음

She lay as if at play

She lay as if at play
Her life had leaped away—
Intending to return—
But not so soon—

Her merry Arms, half dropt—
As if for lull of sport—
An instant had forgot—
The Trick to start—

Her dancing Eyes—ajar—
As if their Owner were
Still sparkling through
For fun—at you—

Her Morning at the door—

Devising, I am sure—
To force her sleep—
So light—so deep—

그 애는 마치 놀이를 하고 있는 것처럼 누워있었어

그 애는 마치 놀이를 하고 있는 것처럼 누워있었어
그 애의 생명이 훌쩍 뛰어 달아났네—
돌아오겠다는 생각으로—
그러나 그렇게 곧은 아닐 거야—

그 애의 유쾌한 양팔은, 반쯤 내려뜨려져 있었어—
놀이 중에 휴식을 위해—
다시 장난을 시작하는 것을—
잠시 잊은 듯—

그 애의 춤추는 듯한 눈은—가늘게 뜨여 있었어—
마치 그 눈의 주인이 여전히
신이 나서 바라보는 듯
장난치려고—너를—

문에 다가온 그 애의 아침이—
궁리하고 있었어, 틀림없이—

그 애에게 잠을 강요하려고―
그처럼 가볍고―그처럼 깊은―

■■■ **해설**

오늘날과 달리 예전에는 어린이 사망률이 높았다. 그래서 아이의 죽음에 관한 시가 더러 있다. 17세기의 시인 벤 존슨(Ben Jonson)의 "On My First Son"이 대표적이다. 20세기 중반 세이머스 히니(Saemus Heaney)의 "Mid-Term Break"도 마찬가지이다. 디킨슨의 이 시는 죽은 소녀의 모습을 묘사한다. 화자는 죽은 소녀의 모습에서 생기발랄하게 춤추며 놀이에 신바람이 났던 아이의 모습을 본다. 그 소녀는 뭘 가지러 어디론가 갑자기 뛰어갔다가 마치 곧 다시 돌아올 것 같은 모습이다. 반쯤 늘어뜨려진 팔은 장난을 치다가 잠시 쉬는 사이에 마치 다시 놀이로 돌아가는 것을 깜빡한 것처럼 보인다. 실눈을 뜨고 있는 모습은 방금 전에 활기차게 춤추고 놀았다는 것을 연상하게 한다. 마지막 연에서 시간이 아침인 것을 알 수 있는데, 문에 다가온 아침이 화자에게는 그 애에게 가볍고 깊은 잠을 강요하려고 궁리하고 있다는 느낌이 들게 만든다. 아침과 죽음의 대비가 아이러니하다. 물론 'morning'(아침)은 'mourning'(애도)과 동음이의어여서 여기에서는 그 두 가지 이미지를 동시에 떠올리게 한다. 죽은 아이에 대한 밝고 유쾌한 묘사가 아이의 죽음에 대한 슬픔을 더욱 통렬하게 느끼게 만든다.

370 | 천국은 마음속에 있다

Heaven is so far of the Mind

Heaven is so far of the Mind
That were the Mind dissolved —
The Site — of it — by Architect
Could not again be proved —

'Tis vast — as our Capacity —
As fair — as our idea —
To Him of adequate desire
No further 'tis, than Here —

천국은 너무나도 마음의 일이야

천국은 너무나도 마음의 일이야
그래서 마음이 녹아내려 버리면 —
그것이 있던 — 터전은 — 건축가에 의해서도

다시 증명될 수 없어

그건―우리의 마음의 폭만큼 광활하고―
우리의 생각만큼―아름다워―
적절한 욕망을 가진 사람에게는
그건 더 멀지 않아, 여기보다―

우리는 지옥이 마음속에 있다는 말을 종종 듣고 또 그렇게 느끼기도 한다. 이 시의 화자는 천국 역시 우리 마음의 산물이고 마음속에 있다고 말한다. 일체유심조라고 말하는 듯하다. 이 시의 특징은 천국이나 마음과 같은 추상적인 개념을 건축가나 집터 등의 실체적인 대상으로 표현하고, 그것의 존재를 멀거나 가까운 실제 거리의 차원으로 표현한다는 점이다. 우리가 감각적으로 받아들인 모든 자극뿐만 아니라 그것들로부터 생겨나는 모든 생각과 상상의 작용이 경험이라는 형태로 마음속에 머문다. 그중 어떤 것은 지옥이고 또 어떤 것은 천국일 것이다. 물론 믿음도 그것을 토대로 생겨난 것이다. 그런데 마음속 믿음이 분해되어 버리면 천국이 있던 터전을 다시 입증할 길이 없다. 제아무리 유능한 건축가라도 혹은 실제 그것을 지었던 건축가라도, 즉 자기 자신도, 천국의 흔적을 찾을 수 없게 된다. 두 번째 연은 천국의 존재 양상에 관해 말한다. 그것은 우리의 마음이 수용할 수 있는 용적만큼의 크기이며, 우리의 상상의 능력만큼 아름답다. 그런 천국을 갖고 싶은 적절한 욕구를 가진 사람에게는 천국이 바로 여기, 즉 자신의 마음속에 있다. 천국과 그것을 가진 사람의 마음 사이에는 거리가 없다.

374 | 크리스마스카드의 세계와 같은 천국

I went to Heaven —

I went to Heaven —
'Twas a small Town —
Lit — with a Ruby —
Lathed — with Down —

Stiller — than the fields
At the full Dew —
Beautiful — as Pictures —
No Man drew —
People — like the Moth —
Of Mechlin — frames —
Duties — of Gossamer —
And Eider — names —
Almost — contented —
I — could be —
'Mong such unique

Society −

나는 천국에 갔어−

나는 천국에 갔어−
그곳은 작은 마을이었어−
루비로−불 밝혀져 있고−
솜털로−가공되어 있었지−

잔뜩 이슬 머금은−
들판보다−고요했고
사람이 그렸다고 볼 수 없는−
그림처럼−아름다웠으며−
사람들은−메클린 레이스를16) 두른−
나방 같은−모습이었고−
공중의 거미집 같은−임무를 맡았으며−
그리고 아이더라는17)−이름을 가졌지−
거의−만족하여−
나는−속할 수 있었어−
그처럼 고유한

---

16) 벨기에 메클린(Mechlin)에서 만든 무늬 있는 레이스를 가리킨다.
17) 아이더(Eider)라는 이름은 스페인 서부 바스크(Basque) 지역에서 사용되는, 여성을 위한
   이름으로 아름답다는 의미를 가지고 있다.

사회에 —

이 시의 화자는 천국을 목격하고 나서 그것을 묘사한다. 가볍고 따뜻하며 더없이 편안해 보이는 환상적인 장면이다. 그곳은 창문마다 불그스름한 불빛이 밝혀진 집들이 있고 흰 솜털처럼 꾸며진 작은 마을이다. 그 마을은 그림엽서나 크리스마스카드의 마을처럼 고요하고 아름다우며, 그곳의 주민들은 나방처럼 가뿐한 몸매이고, 임무 수행에 있어서도 공중에 매달린 거미집처럼 한가하다. 그들은 아이더라는 이름을 가졌다. 화자는 그곳의 분위기에 거의 만족해서 그곳의 주민이라도 된 듯이 느낀다. 천국을 지나치게 감상적으로 그저 아름답고 평화롭고 순수하고 행복하기만 한 곳이라고 말하는 사람들을 풍자하는 시라고 볼 수 있다. 화자가 "거의 만족한다"라고 말하는 것이 진정으로 만족스럽다는 말로 들리지 않는다. 그곳에서 사는 것은 따분할 것 같다.

375 | 창문을 통해서 보이는 풍경의 변화

The Angle of a Landscape—

The Angle of a Landscape—
That every time I wake—
Between my Curtain and the Wall
Upon an ample Crack—

Like a Venetian—waiting—
Accosts my open eye—
Is just a Bough of Apples—
Held slanting, in the Sky—

The Pattern of a Chimney—
The Forehead of a Hill—
Sometimes—a Vane's Forefinger—
But that's—Occasional—

The Seasons—shift—my Picture—

Upon my Emerald Bough,
I wake—to find no—Emeralds—
Then—Diamonds—which the Snow

From Polar Caskets—fetched me—
The Chimney—and the Hill—
And just the Steeple's finger—
These—never stir at all—

풍경의 각도는—

풍경의 각도는—
내가 잠에서 깨어날 때마다—
나의 커튼과 벽 사이
광활한 틈에서—

베네치아 사람처럼—기다리며—
나의 뜨인 눈에 말을 건다—
사과들이 열린 단 하나의 나뭇가지가—
하늘로, 비스듬히 뻗어 있다—

굴뚝의 무늬와—
이마 같은 언덕이고—

때로는-풍향계의 집게손가락이다-
그러나 그건-어쩌다 있는 일이다-

계절이-나의 그림을-바꿔놓는다-
나의 에메랄드 나뭇가지에,
일어나 보니-에메랄드가-보이지 않는다-
그런데-다이아몬드들이 있다-눈이

북극의 보석 상자로부터-나에게 가져다준-
굴뚝과-언덕이 있다-
그리고 단지 교회 첨탑의 손가락이 있다-
그것들은-죽은 듯 정지되어 있다-

■■■ **해설**

창문의 커튼과 벽 사이에 난 좁지만 "광활한 틈"(살아있는 감각과 풍부한 상상력의 열린 공간)으로 내다보이는 풍경을 묘사하는 시이다. 그것은 너무도 익숙하고 일상적인 전원의 모습이다. 화자는 하늘을 향해 비스듬히 뻗어 있는 비취색 사과나무 가지에 잘 익은 사과들이 열린 목가적인 모습에서 베네치아풍 차림을 한 사람의 이국적인 화사함을 상상한다. 그리고 계절이 겨울로 바뀌면서 그 나뭇가지가 눈이나 상고대와 같은 얼음 결정으로 싸여 다이아몬드처럼 빛나는 것을 본다. 사과나무 옆으로는 붉은 벽돌에 흰 모르타르 무늬가 선명한 굴뚝이 보이고 그 너머로는 언덕이 보인다. 지붕 꼭대기에 세워진 화살 모양 풍향계의 끝이 바람이 부는 상태에 따라서 화자의 눈에 들어오기도 하지만, 대부분의 경우는 반대 방향으로 돌려져 있어서 보이지 않기도 한다. 마지막 연에서 교회의 십자가 첨탑 끝이 눈에 들어오는데, 그것은 죽은 듯 정지된 채 하늘로 향해 있다. 이 시는 전체적으로 평화로운 전원 풍경을 묘사한다. 그러나 거기에 화자의 상상력이 화려함과 풍요로움을 채색한다. 경험과 인식의 풍요는 반드시 먼 곳으로의 여행을 통해서만 얻어지는 것은 아니다. 바라보는 사람이 살아있는 감각과 상상력을 가지고 있다면 가장 익숙한 풍경도 얼마든지 인상적이고 감동적인 새로운 모습을 보여준다. 이 시에서 흥미로운 점은 사물들이 때로는 정적인 모습을 나타내기도 하지만 또 때로는 적극적이고 동적인 모습을 보이기도 한다. 예를 들면 사과나무 가지가 화자에게 말을 걸어오기도 하고 풍향계가 바람의 상태에 따라서 방향이 바뀌어 그 바늘 끝이 나타났다 사라졌다 하며, 나뭇가지가 비취 같은 보석이었다가 다이아몬드로 바뀌기도 한다. 반면에 굴뚝과 언덕은 고정되어 있으며 교회 첨탑의 끝은 어떤 변화도 없이 하늘만 가리킨다. 사물들의 움직임이 삶의 역동성을 상징하는 반면에 고정된 교회 첨탑은 죽음의 세계를 상징한다고 볼 수 있다.

379 | 고통과 축복의 역설

Rehearsal to Ourselves

Rehearsal to Ourselves
Of a Withdrawn Delight—
Affords a Bliss like Murder—
Omnipotent—Acute—

We will not drop the Dirk—
Because We love the Wound
The Dirk Commemorate—Itself
Remind Us that we died.

우리 자신에게 예행연습 하는 것이

우리 자신에게 예행연습 하는 것이
퇴각해 버린 기쁨을—
전능하고—날카로운—

살인과도 같은 축복을 감당할 수 있게 한다—

우리는 단검을 떨어뜨리지 않을 것이다—
우리는 상처를 사랑하니까
그 단검이 기념하며—스스로—
우리가 죽었다는 것을 우리에게 상기시킨다.

■ ■ ■ **해설**

화자는 우리가 더 이상 누리지 못하게 된 기쁨, "퇴각해 버린 기쁨"에 대한 기억을 가지고 있고 그 기억을 "예행연습" 한다고 말문을 연다. 그렇게 하는 것이 우리에게 축복을 가져다주기 때문이라는 것이다. 그런데 그 축복은 단검에 의한 살인만큼이나 강렬하고 전능하고 날카롭다. 우리는 왜 이처럼 모순된 감정 상태를 경험하는가? 화자는 우리가 우리를 찔렀던 단검을 떨어뜨리지 않고 오히려 스스로 계속해서 찔러댄다고 말한다. 그런데 역설적이게도 우리는 그 고통을 축복으로 경험한다. 사디즘이나 마조히즘을 떠올리게 한다. 우리는 그 상처가 치유되기를 원하지 않는다. 우리는 어떤 사건으로 인해 삶의 목적을 상실하게 되거나, 그때까지의 소중했던 사랑을 잃어버리게 되는 경우가 있다. 그 경우 우리가 받게 되는 상처는 끝내 치유되지 않으며, 의식의 차원에서든 무의식의 차원에서든 영원히 남아 있게 된다. 그 상처가 곧 존재의 근거가 된다. 상처가 없어지고 고통이 없어지고 그에 수반되는 죽음을 의식하지 못하는 상태는 존재 의미나 자아를 잃어버리는 것과 같다. 그래서 우리는 단검을 손에 들고 그 상실의 고통을 의식적으로든 무의식적으로든 기억하며, 그 고통 속에서 살아간다. 그것이 우리를 살아 있게 한다. 첫 번째 연에서 살인이 언급되고 이어서 그 수단인 단검이 묘사되며, 시의 마지막 행에서 다시 죽음이 언급된다. 퇴각한 기쁨이 결국 일종의 죽음을 야기한다. 단검의 고통과 그로부터 비롯된 살인처럼 강렬한 감정들, 그리고 그로 인한 죽음이 역설적으로 축복이 되고, 우리가 살아 있다는 것을 상기시킨다. 고통은 괴로운 것이지만 그것이 삶의 추동력이 되기도 한다.

382 | 죽음의 가치와 삶의 가치 비교

For Death —or rather

For Death —or rather
For the Things 'twould buy—
This —put away
Life's Opportunity—

The Things that Death will buy
Are Room—
Escape from Circumstances—
And a Name—

With Gifts of Life
How Death's Gifts may compare—
We know not—
For the Rates—lie Here—

죽음을 위해 ─ 혹은 차라리

죽음을 위해 ─ 혹은 차라리
죽음이 구매할 수 있는 것들을 위해 ─
치워버려라 ─ 이것을
삶의 기회를 ─

죽음이 구매해 주게 될 것들이란
방이고 ─
환경으로부터 탈출이고 ─
그리고 이름 하나이다 ─

삶의 선물들에
어떻게 죽음의 선물들이 비교되는지 ─
우리는 알지 못한다 ─
그 비율들이 ─ 여기에 있으므로 ─

■ ■ ■ **해설**

화자는 삶의 가치와 죽음의 가치를 냉정하게 비교한다. 첫 번째 연의 "치워버려라
─이것을"이라는 표현에서 "이것"은 삶의 기회, 즉 우리를 얽매고 있는 세상의 가
치들일 수 있다. 그것들을 치워버리고 보면 남은 가치들은, 즉 죽음이 가져다준
가치들은 무덤 속 공간인 "방"과 고통스러운 삶의 환경으로부터의 "탈출", 그리고

비석에 새겨진 이름이다. 마지막 연에서 화자는 죽음의 가치들이 삶의 가치들에 비교될 수 없다고 말한다. 그 이유는 그것을 비교하는 척도나 행위가 오로지 삶의 영역에서만 이루어질 수밖에 없기 때문이다. 그리고 죽음이 "구매해" 주는 선물이라는 무덤 속 방, 탈출, 이름 등은 그다지 매력적으로 보이지 않는다. 그렇다고 삶의 선물들 혹은 삶의 환경도 그다지 아름다워 보이지 않는다. 삶의 조건들은 언제나 고통스럽고 삶의 현실적 환경은 주로 벗어나고 싶은 것들이다. 이 시에서 디킨슨은 삶과 죽음에 대해 지극히 냉정한 시각을 취하고 있다.

384 | 육신과 영혼의 역설

No Rack can torture me—

No Rack can torture me—
My Soul—at Liberty—
Behind this mortal Bone
There knits a bolder One—

You cannot prick with Saw—
Nor pierce with Scimitar—
Two Bodies—therefore be—
Bind One—The Other fly—

The Eagle of his Nest
No easier divest—
And gain the Sky
Than mayest Thou—

Except Thyself may be

Thine Enemy—

Captivity is Consciousness—

So's Liberty—

어떤 형틀도 나를 고문할 수 없다—

어떤 형틀도 나를 고문할 수 없다—
나의 영혼은—자유로이—
죽을 수밖에 없는 이 뼈 뒤에
더 담대한 뼈를 만들어낸다—

너는 톱으로 고통을 가할 수 없고—
언월도로 꿰찌를 수도 없다—
그러므로—두 개의 몸이어서—
하나를 묶어도—다른 하나는 날아간다—

독수리도 더 쉽게
그의 둥지를 벗어버리지 못하고—
그리고 하늘을 얻을 수 없다
그대가 할 수 있는 것보다도—

그대가 그대 자신의
적인 경우가 아니라면—

의식은 사로잡힘이며—

자유도 그렇다—

■■■ **해설**

이 시에서 영혼은 육신의(mortal) 뼈에 결코 속박당하지 않는 어떤 존재이다. 그것은 독수리보다도 더 자유롭게 비상하며, 육신이라는 둥지를 떨쳐버리고 하늘을 얻을 수 있다. 시의 화자는 육신은 고문대나 톱, 언월도로 해칠 수 있지만 영혼은 그런 것들로 상처받지 않는다고 말한다. 영혼은 묶이지 않으며 어떤 제약으로부터도 쉽게 빠져나갈 수 있다는 것이다. 마지막 연은 의미가 모호하다. 화자는 영혼이 영혼 자신의 적이 아니라면 영혼의 의식은 속박 상태에 있고, 그의 자유도 속박 상태에 있다고 주장한다. 바꾸어 말하면 영혼 자신이 자신의 적일 때에야 비로소 의식은 자유로울 수 있다는 것이다. 화자는 우리가 자신의 욕망에 저항하지 않고서는 진정한 의식의 자유, 혹은 영적 자유를 얻을 수 없다고 말한다.

389 | 초상집

There's been a Death, in the Opposite House,

There's been a Death, in the Opposite House,
As lately as Today—
I know it, by the numb look
Such Houses have—alway—

The Neighbors rustle in and out—
The Doctor—drives away—
A Window opens like a Pod—
Abrupt—mechanically—

Somebody flings a Mattress out—
The Children hurry by—
They wonder if it died—on that—
I used to—when a Boy—

The Minister—goes stiffly in—

As if the House were His—
And He owned all the Mourners—now—
And little Boys—besides—

And then the Milliner—and the Man
Of the Appalling Trade—
To take the measure of the House—

There'll be that Dark Parade—

Of Tassels—and of Coaches—soon—
It's easy as a Sign—
The Intuition of the News—
In just a Country Town—

죽음이 있다, 맞은편 집에,

죽음이 있다, 맞은편 집에,
오늘에야 비로소—
나는 그걸 알았다, 그런 집들이 늘—띠고 있는—
마비된 표정을 보고

이웃 사람들이 바삐 드나들고—

의사가-마차를 몰고 떠나가고-
창문이 콩 꼬투리처럼 열린다-
갑자기-기계적으로-

누군가 요를 밖으로 내던진다-
아이들이 급히 몰려간다-
그게-그 요 위에서 죽었는지 궁금해서-
나도 그러곤 했었다-소년이었을 때-

목사가-경직된 모습으로 들어간다-
마치 그 집이 자기 집인 양-
그리고 그가 모든 조객들을 통제한다-지금-
그리고 어린 소년들까지도-게다가-

그리고 이어서 여성 모자 제조인-그리고 그 사람이 들어간다
무시무시한 사업을 하는 그가-
그 집의 크기를 재기 위해서-

어두운 행진이 있을 것이다-

꽃차례로 꾸민-그리고 사륜마차들의-곧-
그것은 너무도 쉽게 알 수 있는 기호이고-
직관으로 알 수 있는 뉴스이다-
이런 시골 마을에서는-

초상이 난 집의 모습과 분위기를 그림처럼 생생하게 묘사하는 시이다. 그 동네의 다양한 사람들이 그 집에 오간다. 이웃 사람들, 죽은 사람을 검시하는 의사, 여성 모자 제조업재(죽은 여인에게 모자를 맞춰 씌울), 죽은 이의 관을 짜려는 장의업자, 그리고 호기심 많은 동네 아이들. 서양에서는 죽은 이의 잠자리 깔개를 창밖으로 던지는 풍습이 있었던 것 같다. 화자는 어렸을 때부터 그런 상황을 목격했기 때문에 그런 모습에 이미 익숙하다. 여기서 특히 두드러지는 인물이 "목사"이다. 그는 태연하고도 익숙한 모습으로 초상집에 나타나 모든 유가족과 조문객들, 심지어 아이들까지도 통제하는 모습이다. 그리고 장의사가 죽은 이의 "집", 즉 관을 짜기 위해 나타난다. 그리고 이윽고 꽃으로 장식된 영구차와 유가족들이 행하는 공동묘지로의 어두운 행진이 있을 것이다. 도시와는 달리 시골 마을에서는 초상이 매우 뚜렷한 하나의 행사였다. 화자는 초상이나 장례와 관련된 상황을 아무런 감정적 개입이 없이 담담하게 묘사한다. 슬픔의 기미도 없고, 죽은 사람과 어떤 관계인지도 전혀 언급하지 않는다. 그 집도 마비된 모습이고 창문도 기계적으로 열린다. 목사도 장의사도 무덤덤하다. 비록 어떤 한 사람이 죽어도 다른 사람들은 사무적이고 담담하기만 하며 그래서 세상은 늘 평온하게 돌아간다.

391 | 서리

A Visitor in Marl —

A Visitor in Marl —
Who influences Flowers —
Till they are orderly as Busts —
And Elegant —as Glass —

Who visits in the Night —
And just before the Sun —
Concludes his glistening interview —
Caresses —and is gone —

But whom his fingers touched —
And where his feet have run —
And whatsoever Mouth be kissed —
Is as it had not been —

이회암18) 속 방문객이 왔다—

이회암 속 방문객이 왔다—
꽃들에게 영향을 미치는—
그들이 흉상들처럼 질서 있고—
유리처럼—고상하게 될 때까지—

밤중에 방문하고—
그리고 단지 해가 뜨기 직전에—
그의 반짝이는 인터뷰를 마무리하고—
애무하고—그리고 떠나는—

그러나 그의 손가락이 만진 자와—
그리고 그의 발이 밟고 지나간 곳—
그리고 그의 키스를 받은 모든 입들이—
이전 모습이 아니게 되는—

■ ■ ■ **해설**

꽃들이 "이회암 속 방문객"으로 표현된 서리를 맞게 되면 모습이 변한다. 그 방문객이 꽃들을 만나 "반짝이는 인터뷰"를 하고 애무하고 키스한 다음 아침이 오면 떠난다. 그러고 나면 꽃들은 석고 흉상처럼 굳고 단정하게 되며, 고상한 유리막에

---

18) 이회암(marl)은 칼슘 탄화물이나 석회 성분의 진흙으로 생성된 암석으로 허연색을 띤다.

싸여 있게 된다. 이 시의 매력은 아이러니이다. 밤의 방문객인 서리가 연인인 꽃들을 찾아와 인터뷰하고 키스하고 애무한다. 그 결과 꽃들은 투명하게 반짝이는, 치명적인 아름다움을 얻게 된다. 즉 죽음의 유리 옷을 입는다.

396 | 삶의 의욕을 상실한 상태

There is a Languor of the Life

There is a Languor of the Life
More imminent than Pain—
'Tis Pain's Successor—When the Soul
Has suffered all it can—

A Drowsiness—diffuses—
A Dimness like a Fog
Envelops Consciousness—
As Mists—obliterate a Crag.

The Surgeon—does not blanch—at pain
His Habit—is severe—
But tell him that it ceased to feel—
The Creature lying there—

And he will tell you—skill is late—

A Mightier than He —
Has ministered before Him —
There's no Vitality.

삶에 어떤 무력감이 있다

삶에 어떤 무력감이 있다
고통보다도 더 긴박한—
그건 고통의 계승자이다—영혼이
제가 감당할 수 있는 모든 고통을 겪었을 때—

나른함이—퍼져가고—
흐릿함이 안개처럼
의식을 휘감아 싼다—
마치 안개가—험한 바위산을 지워버리듯이.

외과의사는—겁에 질리지 않는다—고통에 접해서도
그의 기질은—모질다—
그러나 그게 더 이상 느끼지 못한다고 그에게 말해보아라—
거기 누워있는 피조물이 말이다—

그러면 그가 너에게 말할 것이다—이제 손쓸 수 없다고—
외과의사보다도 더 강력한 자가—

그보다 앞서 보살펴 버렸다—
아무런 생명력도 없다.

■ ■ ■ ■ **해설**

고통을 겪고 난 후 삶에 대한 의욕을 상실한 상태에서의 심리적 무력감을 표현한 시이다. 그것은 고통 자체보다도 더 절박하다. 고통을 "피조물"(Creature)이라고 표현한 점이 돋보인다. 사실 고통은 인간이 만들어지는 순간에 함께 생겨난 산물이다. 인간과 인간의 고통이 피조물이라는 표현 속에서 하나가 되어 버렸다. 인간뿐만 아니라 고통도 하나님이 창조했는지는 모르겠지만. 영혼이 어떤 고통스러운 충격을 견디고 나면 이어서 그 고통을 희미하게 만드는 무력감이 찾아온다. 그것은 마치 험한 바위산 꼭대기를 안개가 감싸서 보이지 않게 하는 것과 같다. 고통의 바위산이 희미해진 의식에 가려지는 것이다. 화자는 아이러니컬하게도 그 음울한 상태가 고통의 순간보다 더 절박하다고 말한다. 그러한 무기력 상태가 죽음에 더 가깝다는 것이다. 세 번째 연에서 고통을 감지하고 만들어내며 다스리는 주체로 "외과 의사"가 등장한다. 그는 수술용 칼로 망설임 없이 고통을 야기할 수 있지만, 그러면서도 그는 그 고통에 휘둘리지는 않는다. 그의 전문가적 기질이 모질기 때문이다. 그러나 그것은 환자가 고통을 느끼고 생존 의지가 작용하는 동안에만 유효하다. 만약 환자가 고통을 더 이상 느끼지 못하는 상태가 되어버리면 그 외과 의사의 전문성도 무효가 되고 만다. 무기력 상태는 의사의 영역이 아니라 그보다 더 높은 권위와 힘을 가진 자의 영역이다. 그가 신이든 운명이든. 고통을 피조물이라고 표현한 것이나 누군가 더 강력한 존재가 환자를 "돌보았다"(Ministered)라고 표현한 것은 다분히 기독교적 뉘앙스를 담고 있다. 신의 섭리가 환자를 무기력 상태로 이끌어버리면 외과 의사의 전문지식은 더 이상 소용이 없다.

399 | 언덕 위의 무서운 집

A House upon the Height —

A House upon the Height —
That Wagon never reached —
No Dead, were ever carried down —
No Peddler's Cart — approached —

Whose Chimney never smoked —
Whose Windows — Night and Morn —
Caught Sunrise first — and Sunset — last —
Then — held an Empty Pane —

Whose fate — Conjecture knew —
No other neighbor — did —
And what it was — we never lisped —
Because He — never told —

언덕 위에 집이 한 채 있었는데—

언덕 위에 집이 한 채 있었는데—
거기에는 사륜마차가 도착한 적이 없고—
어떤 주검도, 실려 내려온 적이 없으며—
어떤 행상의 손수레도—접근한 적이 없다—

그 집의 굴뚝에선 연기가 피어오른 적 없고—
그 창문들에는—밤이나 아침이나—
떠오르는 첫 햇살이 닿았다가—지는 끝 햇살이—떠나갔다—
그런 다음—텅 빈 유리창이 남아 있었다—

그 집의 운명에 대해서는—추측만이 알고 있었고—
다른 어떤 이웃도—알지 못했다—
그리고 그것이 무엇인지—우리는 결코 말을 꺼내지 않았다—
그분이—결코 말해주지 않았으므로—

■ ■ ■ **해설**

언덕 위에 있는 음산하고 괴기스러운 어떤 집을 묘사하는 시이다. 그 집이 어떤
집인지에 관한 구체적인 언급은 없다. "추측"만이 있을 뿐이어서 사실상 아무도
그 집의 내력에 대해 알지 못한다. 그 집에는 마차도 행상도 접근한 적이 없고, 그
렇다고 주검이 그곳으로부터 운반되어 내려온 적도 없으며, 굴뚝에서 연기가 피

어오른 적도 없다. 그 집의 창문에 아침 햇빛이 비쳤다가 저녁노을 빛이 비치고 사라진다. 밤이면 어둠 속에서 고립된 모습이다. 그 집의 내력에 대해서는 "이웃 사람"(마을 사람)도 알지 못하며, "우리들"(아마도 화자와 청자들 혹은 마을의 아이들)도 그 집에 관해서는 어떤 말도 하지 않는다. "그분"이 아무 말도 해주지 않았기 때문이다. 그 집은 죽음에 대한 객관적 상관물일 수 있다. 그것은 공포스럽고 불가사의하다. 우리의 의식 속에 어른거리지만 알 수도, 말할 수도 없다. 우리에게 죽음에 관해 아무것도 알려주지 않는 "그분"은 아마도 하나님일 수 있겠다.

401 | 귀부인들을 비꿈

What Soft —Cherubic Creatures —

What Soft —Cherubic Creatures —
These Gentlewomen are —
One would as soon assault a Plush —
Or violate a Star —

Such Dimity Convictions —
A Horror so refined
Of freckled Human Nature —
Of Deity —ashamed —

It's such a common —Glory —
A Fisherman's —Degree —
Redemption —Brittle Lady —
Be so —ashamed of Thee —

어찌나 부드럽고-천사다운 사람들인지-

어찌나 부드럽고-천사다운 사람들인지-
저 귀부인들은-
어떤 부인은 플러시 천 제품을 너무도 쉽게 맹비난하겠지-
혹은 별을 모독하겠지-

그런 디미티 무명의19) 확신이-
그처럼 세련된 공포가
주근깨 난 인간 본성을-
신성을-부끄러워하겠지-

그런 건 너무도 평범한-영광이라고-
어부의-수준이라고-
덧없는 부인이여-구속(救贖)이-
그만큼-그대를 부끄러워할 거야-

■ ■ ■ 해설

이 시는 지나치게 거드름을 피우며 귀부인 행세를 하는 여성들에 대한 신랄한 풍
자이다. 화자는 귀부인 행세를 하는 여성을 온화한 척, 천사인 척한다고 표현한다.
그들 중 어떤 부인은 폭신한 "플러시 천"처럼 다정한 사람들을 제멋대로 혹평하기

19) "Dimity"는 줄 모양이나 체크 모양이 돋을무늬로 새겨진 얇은 면직물이다.

도 하고 별처럼 고귀한 사람을 별것 아니라고 헐뜯기도 한다. 그녀들은 고상을 떠는 표면적 모습 이면에 평범한 사람들—"주근깨가 난 인간 본성"—에 대한 혐오감이나 신분이 낮은 사람들에 대한 반감을 숨기고 있다. 같은 맥락에서 그 귀부인 행세하는 여인들은 구유에서 태어나, 누더기를 입은 제자들을 데리고 다니며 가난한 사람들과 병든 사람들 그리고 죄지은 사람들에게 자신의 직무를 수행했던 예수까지도 신분이 낮은 자라고 폄훼한다. 그녀들에게는 인류의 구원을 위한 직분도 "평범한" 영광이고, 비천한 행위가 된다. 하지만 화자는 그녀들의 그러한 태도를 "디미티 무명의 확신"(Dimity Convictions)이라고 규정한다. 그 "디미티"의 무늬들은 천에 짜여 있는 것이 아니고 단지 표면에 부각된 것으로, 그 부인들이 가진 종교적인 신념이 그처럼 피상적이라는 것이다. 그녀들은 말로는 기독교적 사랑과 자비를 주장하지만 실제 그녀들의 태도는 우월감으로 짜인 직물에 불과하다. 마지막 연에서 화자는 그 부인들을 "덧없는 부인"이라고 칭한다. 살아 있는 동안 그녀들은 그럴듯한 외모나 신분으로 자신을 지탱하지만 최후 심판에서는 홀로 설 수 없고 부끄러운 존재가 될 거라고 말한다.

406 | 불멸의 가치를 추구하는 사람

Some—Work for Immortality—

Some—Work for Immortality—
The Chiefer part, for Time—
He—Compensates—immediately—
The former—Checks—on Fame—

Slow Gold—but Everlasting—
The Bullion of Today—
Contrasted with the Currency
Of Immortality—

A Beggar—Here and There—
Is gifted to discern
Beyond the Broker's insight—
One's—Money—One's—the Mine—

어떤 사람들은−영원을 위해 일한다−

어떤 사람들은−영원을 위해 일한다−
시간에 있어서, 더 주된 부분인−
그 사람은−보답받는다−당장에−
전자들은−수표를 받는다−명예에 대한−

느린 황금인−그러나 영원한−
오늘의 금괴가−
통화에 대비된다
불멸의−

이곳저곳의−거지는−
식별하는 재능을 선물 받았다
증권 거래인의 통찰력 너머를−
하나는−돈이고−다른 하나는−광산이다−

■ ■ ■ **해설**

이 시는 우리가 삶의 어떤 목표를 추구하느냐에 대한 물음과 답을 제시한다. 무형의 가치를 추구하는 사람들은 영원을 위해서 일한다. 영원이 시간에서 "더 주된 부분"이다. 그들은 명예를 얻을 수 있는 수표 혹은 교환권을 받는다. 반면에 "그 사람"(He)으로 대변되는 다른 사람들은 당장의 보수를 위해 일한다. 명예는 "느린 황금"이고 불멸의 통화이며 영원하다. 그에 반해 오늘 당장의 금괴는 덧없다. 유동성인 통화(돈)와 고형인 금괴의 일반적인 기능이 거꾸로 표현된 점이 아이러니하다. 마지막 연에서는 그러한 대비가 다시 한번 뒤바뀐다. 그러나 이번에는 통화 대 금괴의 대비가 아니라 "광산" 대 "돈", "거지" 대 "증권 거래인"이 대비된다. 화자는 거지가 증권거래인보다 더 우월한 통찰력을 가지고 있다고 주장한다. 증권거래인은 재정적 거래를 식별하는 안목을 가졌을 뿐이지만, 거지는 조폐국에서 발행한 돈이 아니라 자원의 보고인 광산을 식별하는 능력을 가졌다는 것이다. 그런 거지가 어떤 사람인지는 굳이 밝히지 않았다. 하지만 우리의 삶에서 돈이 궁극적인 가치가 아닌 것은 분명하다. 그 이상의 어떤 가치가 있고 그 가치를 알아보고 추구하는 사람들도 있다는 것이다.

407 | 대화의 지혜

If What we could—were what we would—

If What we could—were what we would—
Criterion—be small—
It is the Ultimate of Talk—
The Impotence to Tell—

우리가 할 수 있는 게—우리가 하려는 거라면—

우리가 할 수 있는 게—우리가 하려는 거라면—
척도는—적을 거야—
할 수 없음에 대해 말하는 게—
대화의 궁극이야—

■ ■ ■ **해설**

이 시는 대화의 지혜에 관한 경구이다. 원하는 어떤 것을 다른 사람과 논의하면서
도 그것을 "할 수 없음"(Impotence)에 대해 말하는 것이 "대화의 궁극"이라는 것이
다. 그렇게 하는 것이 우리가 대화를 함으로써 일의 우선성을 결정하는 방법이고,
타협하는 방식이고, 해결책을 모색하는 길이고, 친구들과 우의를 돈독히 하는 태
도이며, 격려와 위로를 주고받는 방식이다. 반면에 자기가 원하는 것이 실행되도
록 하는 것이나 그것을 얻어내는 것은 자기 자신에게는 만족스러울지 모르지만
그것이 다른 사람들과 대화하는 방식이 될 수는 없다. 자기가 할 수 있다는 것을
내세우거나 자기가 한 것에 대해 자랑을 늘어놓는 것은 프로레슬링 선수들이 허
풍을 떨 때나 재미있을지 모르지만, 친구들이나 동료들 사이의 대화에서는 가장
피해야 할 태도이다. 대화에서 자신이 할 수 있는 것과 자신이 하고자 하는 것이
같은 경우라면 옳다거나 그르다고 판단할 척도가 거의 무의미하다. 자기주장을
내세우는 것에 대비되어, 자신이 할 수 없는 것에 대해 말하는 것이 대화의 궁극
적인 목표라는 표현이 묘한 뉘앙스를 풍긴다.

408 | 파놓은 무덤

Unit, like Death, for Whom?

Unit, like Death, for Whom?
True, like the Tomb,
Who tells no secret
Told to Him —
The Grave is strict —
Tickets admit
Just two — the Bearer —
And the Borne —
And seat — just One —
The Living — tell —
The Dying — but a Syllable —
The Coy Dead — None —
No Chatter — here — No tea —
So Babbler, and Bohea — stay there —
But Gravity — and Expectation — and Fear —
A tremor just, that All's not sure.

죽음과도 같은, 한 칸이로군, 누구를 위한?

죽음과도 같은, 한 칸이로군, 누구를 위한?
그건 진실되네, 무덤처럼,
그건 그것이 들은—
어떤 비밀도 말하지 않네
그 무덤은 엄격하군—
입장권이 허용하네
나르는 자와—날라진 자—
딱 두 사람에게만—
그리고 단 한 사람만—자리에 앉혀지네—
살아가는 자들은—대화를 하지만—
죽어가는 자는—딱 한 마디만 하네—
수줍은 죽은 자는—아무 말이 없고—
수다도 없고—이곳에선—차도 마시지 않네—
그래서 수다쟁이와, 무이차는[20]—저곳에 머물지—
그러나 근엄함과—예상과—두려움이 있고—
단 한 차례 전율이 있네, 모든 것이 확실하지 않은 데 대해.

---

20) 중국산 홍차를 가리킨다.

이 시는 시작이 극적이다. 화자는 돌연 "한 칸"이라고 내뱉듯 말한다. 그녀는 파놓은 무덤을 우연히 보게 되어 자신도 모르게 외마디 말을 내뱉은 것이다. 죽은 한 사람을 위해서 흙에 하나의 칸을 파놓았다. 그러나 그 죽은 자가 누구인지 화자는 알지 못한다. 그 무덤이 엄격하여 어떤 비밀도 말해주지 않기 때문에. 이어서 화자는 무덤을 마치 사교장인 것처럼 상상한다. 거기에 "입장권"이 있어야 들어가는데, 두 사람이 입장권을 가졌다. 한 사람은 시신을 나른 장의사이고 다른 사람은 죽은 사람이다. 그리고 거기에 자리 잡게 될 사람은 오직 후자뿐이다. 화자의 상상력은 임종의 순간으로 옮겨간다. 살아 있는 사람들이 말을 하고 죽어가는 사람은 단 한 마디 말을 하고 끝이다. 아마도 마지막 신음소리일 것이다. 그러고는 아무 말이 없다. 다시 한 칸 무덤에서 죽은 자는 수다도 떨지 않고 차도 마시지 않는다. 그런 것들은 저곳, 산 사람들의 일이다. 그러나 산 사람들에게는 죽음에 대한 두려움이 있다. 무덤(grave) 옆에서 사람들은 "근엄함"(Gravity)과 죽을 거라는 "예상"(Expectation) 그리고 "두려움"(Fear)을 느낀다. 그리고 삶의 불확실성에 대해 한 차례 전율한다.

412 | 자신에 대한 가혹한 판결을 받아들임

I read my sentence—steadily—

I read my sentence—steadily—
Reviewed it with my eyes,
To see that I made no mistake
In its extremest clause—
The Date, and manner, of the shame—
And then the Pious Form
That "God have mercy" on the Soul
The Jury voted Him—
I made my soul familiar—with her extremity—
That at the last, it should not be a novel Agony—
But she, and Death, acquainted—
Meet tranquilly, as friends—
Salute, and pass, without a Hint—
And there, the Matter ends—

나는 나의 판결문을 읽었다 - 철저하게 -

나는 나의 판결문을 읽었다 - 철저하게 -
내 두 눈으로 그것을 재검토했다,
내가 잘못 이해한 건 없었는지 알아보려고
너무도 엄격한 그 조항에 대해 -
그 수치를 범했던 날짜, 태도에 대해 -
그런 다음 경건한 그 격식에 대해
영혼에 "하나님 자비를 베푸소서"라고
배심원들이 그분께 의견을 표했던 -
나는 나의 영혼을 자신이 처한 난국에 - 친근하도록 만들었다 -
그래서 마침내, 그 난국이 새삼스러운 고통이 되지 않도록 -
그보다는 영혼과, 죽음이, 서로 친숙해져서 -
편안하게 만나게 되도록, 친구 사이로 -
인사하며, 지나가도록, 아무런 암시가 없이도 -
그리고 거기에서, 문제는 끝난다 -

■■■ 해설

우리는 각자 자신의 운명이 누군가 다른 존재 - 신이든, 사주팔자든, 유전인자든 -
에 의해서 결정되었다고 생각하는 경향이 있다. 그리고 우리는 대체로 자신의 운
명이 가혹하고 힘들다고 느낀다. 그렇다면 우리는 이미 내려진 그런 "판결" - 죽을
수밖에 없는 유한한 존재로서의 판결도 포함하여 - 에 대해 어떤 태도를 취해야

할까? 바로 그러한 물음에 대한 답이 이 시가 전하는 메시지이다. 14행으로 구성된 하나의 연을 형식으로 한 이 시는 내용에 있어서 1행부터 8행까지의 전반부와 9행에서 14행까지의 후반부로 나뉜다. 우선 전반부에서 화자는 자신에게 내려진 판결을 성실하게 따져본다. 거기에 제시된 조항들, 그리고 자신의 그 수치스러운 죄를 기록한 날짜나 조건을 읽어보고 눈으로 재검토한다. 그 판결문에는 일정한 형식에 따라 "하나님, 이 가엾은 영혼에게 자비를 베푸소서"라는 표현이 덧붙여져 있다. 화자가 어떤 수치스러운 죄를 저질렀는지 알 수는 없지만, 그것이 극단적인 조항에 이르게 한 것으로 보아 원죄에 대해 내려진 사형선고일 수도 있고, 우리에게 주어진 운명적 삶일 수도 있다. 아홉 번째 행부터 시작되는 후반부에서 화자는 자신에게 이미 내려진 그 판결에 대해 어떤 태도를 가질 것인지 자신의 입장을 표명한다. 그녀는 자신의 영혼에게 주어진 고난을 거부하거나 반항하려 들지 말고 친근해지도록 충고한다. 그처럼 반항하는 것은 오히려 고통만 가중시키기 때문이다. 그래서 그녀는 자신의 영혼과 죽음이라는 판결이 친구 사이가 되어 서로 편안해지기를, 서로 지나치며 아무런 어색한 느낌도 없이 인사를 건네는 사이가 되게 하려고 한다. 혹은 마침내 죽음이 영혼을 친구처럼 편안하게 데리고 갈 수 있는 상황을 표현한다고도 볼 수 있다.

414 | 고통의 완결판

'Twas like a Maelstrom, with a notch.

'Twas like a Maelstrom, with a notch.
That nearer, every Day,
Kept narrowing its boiling Wheel
Until the Agony

Toyed coolly with the final inch
Of your delirious Hem —
And you dropt, lost,
When something broke —
And let you from a Dream —

As if a Goblin with a Gauge —
Kept measuring the Hours —
Until you felt your Second
Weigh, helpless, in his Paws —

And not a Sinew—stirred—could help,
And sense was setting numb—
When God—remembered—and the Fiend
Let go, then, Overcome—

As if your Sentence stood—pronounced—
And you were frozen led
From Dungeon's luxury of Doubt
To Gibbets, and the Dead—

And when the Film had stitched your eyes
A Creature gasped "Reprieve"!
Which Anguish was the utterest—then—
To perish, or to live?

그것은 마치 새김눈을 가진, 거대한 소용돌이 같았다.

그것은 마치 새김눈을 가진, 거대한 소용돌이 같았다.
날마다, 더 가까워지며,
끓어오르는 바퀴를 계속 좁혀가는
거기서 오는 고통이

너의 미친 듯한 옷단의—

끝자락을 붙잡고 냉정하게 장난칠 때까지
그리고 너는 떨어뜨려지고, 정신을 잃는다,
그때 무언가가 뚫고 들어와—
그리고 너를 꿈에서 풀려나게 한다—

마치 도깨비가 계측기를 들고—
계속해서 시간을 재는 것 같았다—
너의 순간순간이 그의 발톱에서—
꼼짝없이, 무게가, 느껴질 때까지

그리고 한 가닥 근육도—움직여지지 않았고—어찌할 수 없었다,
그리고 감각이 마비되어 간다고 느껴졌다—
그때 하나님이—기억하셨고—그리고 그 악마를
쫓아냈고, 그러고는, 네가 벗어났다—

마치 너에 대한 판결이 내려진—상태인 것 같았다—
그리고 네가 꽁꽁 묶여 끌려 나와
무성한 의심의 지하감옥으로부터
교수대로, 그리고 죽음에 이르게 되었다—

그리고 부연 막이 너의 눈을 꿰맸을 때
누군가가 간신히 내뱉듯 말했다 "형 집행 정지"!
그렇다면—어떤 고통이 가장 지독했지—
파멸하는데, 혹은 살아가는데?

디킨슨의 시에서 고통은 생생하고도 처절한 경험으로 표현되곤 한다. 이 시는 그런 고통의 완결판을 보여주는 듯하다. 1연과 2연에서, 3연과 4연에서, 그리고 5연과 6연에서 각각 다른 종류의 고통이 묘사된다. 먼저 1연과 2연에서 묘사되는 고통은 마치 우리가 악몽에 시달리며 가위눌림을 경험하는 것과 같다. 우리는－혹은 너는－마치 눈금이 새겨진 거대한 소용돌이 속에 휘말려 들어갔고, 그 끓어오르는 소용돌이가 점점 좁혀지면서 너의 고통이 점점 더 심해진다. 그 소용돌이가 휘감겨 들어가는 너의 옷단의 끝부분을 붙잡고 장난을 치는 듯한 마지막 순간, 그리고 네가 추락하여 정신을 잃는 듯한 순간에 무언가가 개입하여 너를 풀려나게 한다. 너는 가까스로 악몽에서 벗어난다. 3연과 4연의 고통은 앞선 고통보다 더 끔찍하다. 악마가 너를 붙잡고 매 순간 고통을 가한다. 그 악마는 계측기를 가지고 너의 시간을 초 단위로 재가면서 괴롭힌다. 너는 한 가닥 근육도 움직일 수 없는 상태에서 당할 수밖에 없다. 마침내 너의 감각이 기능을 잃게 되는 순간 하나님이 너를 기억해 내고 악마를 쫓아버리며, 그때 너는 고통에서 풀려난다. 첫 번째 고통에서 두 번째 고통을 거쳐 세 번째 고통으로 이어지는 과정에서 고통의 특징은 감각적인 고통에서 점점 더 정신적이고 존재론적인 고통으로 발전한다는 것이다. 5연과 6연에서 너는 사형 판결을 받고 지하동굴에 갇혀 있다. 그러다가 너는 결박당하여 무수한 불안과 "의심의 지하감옥"으로부터 끌려 나와 교수대에 세워진다. 눈앞에 죽음이 와 있고, 부예지는 시각이 마치 눈을 바늘로 꿰매는 듯한 고통으로 느껴진다. 시각 자체가 박음질 당하는 듯한 고통이 된다. 바로 그 순간 누군가가 숨을 헐떡이며 "형 집행 정지"라고 외친다. 시는 마지막 두 행에서 아이러니한 물음으로 끝맺는다. 마치 서로 겨루기 하는 듯한 고통의 연속에서 어떤 고통이 가장 지독했지? 삶이 그런 고통의 연속인데도 너는－우리는－어떤 이유에서 파멸하지 않고 계속해서 살아가는 거지? 매번 마지막 순간에 "무언가"가, "하나님"이, 그리고 "누군가"가 개입하여 너를 고통에서 벗어나게 해준다. 그것이 바로 희망일 것이다.

423 | 대지가 재우는 잠

The Months have ends—the Years—a knot—

The Months have ends—the Years—a knot—
No Power can untie
To stretch a little further
A Skein of Misery—

The Earth lays back these tired lives
In her mysterious Drawers—
Too tenderly, that any doubt
An ultimate Repose—

The manner of the Children—
Who weary of the Day—
Themself—the noisy Plaything
They cannot put away—

달들에는 끝이 있고—해들에는—매듭이 하나 있다—

달들에는 끝이 있고—해들에는—매듭이 하나 있다—
어떤 권위도 그 매듭을 풀 수 없다
고뇌의 헝클어진 실타래를—
조금 더 늘여 보겠다고

대지가 그들 지친 사람들을 재운다
그녀의 신비로운 서랍 속에—
너무도 온화하게, 그래서 누구도
궁극적인 안식을 의심하지 않는다—

그날의 놀이에 지친—
어린아이들은—
으레 그들 스스로—그 시끄러운 장난감을
치우지 못한다—

■■■ 해설

이 시에서 화자는 대지를 자애로운 어머니로 그리고 아이들의 잠을 죽음으로 은
유한다. 어머니가 하루의 끝자락에서 놀이에 지친 아이들을 잠자리에 재우듯이,
대지가 일생의 놀이에 지친 인간이 영원한 잠을 잘 수 있도록 품속으로 받아들인
다. 우리의 일생은 각각 끝이 있는 달들과 그 달들이 이어지고 헝클어진 해들의

실타래로 이루어지고, 실처럼 이어진 그 해들의 끝부분에는 매듭이 있다. 그 매듭이 삶의 끝이고 죽음이다. 그리고 그 어떤 권위도 그 매듭을 풀어서 삶의 고뇌라는 실타래를 연장할 수 없다. "고뇌의 실타래"처럼 이어지던 사람들의 "지친 삶"을 온화한 대지가 자신의 "서랍" 속으로 받아들여 고이 재운다. 그 잠은 의심의 여지 없이 "궁극적인 안식", 즉 영면이다. 그리고 그 서랍은 죽은 사람이 묻히는 무덤이나 그 속에 놓이는 관을 뜻한다. 아이들로 상징되는 우리들 모두는 인생의 끝자락에 내몰려서 삶이라는 놀이에 지쳐 있다. 우리의 삶은 우리 자신의 "시끄러운 장난감"이기도 했다. 결국 우리는 그 시끄럽고 고통스러운 장난감인 삶을 우리 스스로 치울 수 없다. 그것을 치우는 것은 죽음이고, 궁극적으로 그것을 다정하게 받아들여 주는 존재는 다름 아닌 어머니 대지이다. 우리는 인생이라는 게임의 끝에 이르러서도 지혜롭고 원숙하기는커녕 여전히 서툴고 지친 "어린아이들"과 같은 존재이다.

591 | 해와 벌과 인간의 근면

To interrupt His Yellow Plan

To interrupt His Yellow Plan
The Sun does not allow
Caprices of the Atmosphere —
And even when the Snow

Heaves Balls of Specks, like Vicious Boy
Directly in His Eye —
Does not so much as turn His Head
Busy with Majesty —

'Tis His to stimulate the Earth —
And magnetize the Sea —
And bind Astronomy, in place,
Yet Any passing by

Would deem Ourselves — the busier

As the minutest Bee
That rides—emits a Thunder—
A Bomb—to justify—

자신의 노란 계획을 방해하도록

자신의 노란 계획을 방해하도록
해는 허락하지 않는다
대기의 변덕들에게—
그리고 심지어 눈이

눈송이들을 자기 눈앞에 곧바로—
짓궂은 소년처럼, 공 모양으로 쌓아 올릴 때조차도,
근엄함으로 분주한—
고개를 돌리지도 않는다

대지를 자극하는 것이 그의 계획이다—
그리고 바다에 자력을 띠게 하는 것도—
그리고 천문학을 묶어두는 것도, 제자리에,
그러나 스쳐 지나가는 어떤 존재가

우리 자신을—분주하다고 여길까
저 조그만 꿀벌만큼이나

날아오르며-천둥소리를 내뿜는-
폭탄을-정당화하기 위해-

▦ ▪ ■ 해설

근면 성실이 그 자체로 미덕일까? 화자는 그렇지 않을 수 있다고 말한다. 화자는 세 가지 각기 다른 차원의 근면 성실을 제시한다. 첫째 우주적 차원에서 해가 근면 성실하게 자신의 임무를 수행하며, 둘째로 미시적 차원에서 꿀벌이 천둥소리 같은 날갯짓 소리를 내며 부지런히 일한다. 그리고 인간이 그 중간 위치에서 폭탄 같은 에너지를 분출하며 일한다. 해는 대기가 어떤 상태이든지 간에 자신의 근엄한 "노란 계획"을 실행하는 데 조금도 어긋남이 없다. 게다가 해는 그의 열기로 대지를 자극해서 풍요롭게 하며, 바다에 자력을 띠게 하고,[21] 지구를 포함하는 태양계의 운행에 천문학적 질서를 부여한다. 세 번째 연 마지막 행에서부터 시의 끝 행까지 이어지는 문장에서 꿀벌의 분주함과 인간의 분주함이 중첩되면서 대비된다. 우주에서 지나가는 외계의 어떤 존재가 꿀벌과 인간을 바라본다면 그 둘은 굉장한 소음을 내며 무언가를 추구하느라 분주하다. 꿀벌의 붕붕거리는 소리가 천둥소리 같고 인간 역시 굉장한 소음을 내며 분주하다. 꿀벌은 꿀을 따 모으느라, 그리고 인간은 인간 자신과 지구를 파괴할 폭탄을 만드느라. 그걸 바라보는 어떤 외계인이 있다면 그가 그런 인간의 행동을 정당화할 수 있을까?

---

21) 해가 바다에 자극을 띠게 하는지는 불분명하다.

609 | 옛집의 문 앞에서

I Years had been from Home

I Years had been from Home
And now before the Door
I dared not enter, lest a Face
I never saw before

Stare solid into mine
And ask my Business there—
"My Business but a Life I left
Was such remaining there?"

I leaned upon the Awe—
I lingered with Before—
The Second like an Ocean rolled
And broke against my ear—

I laughed a crumbling Laugh

That I could fear a Door
Who Consternation compassed
And never winced before.

I fitted to the Latch
My Hand, with trembling care
Lest back the awful Door should spring
And leave me in the Floor —

Then moved my Fingers off
As cautiously as Glass
And held my ears, and like a Thief
Fled gasping from the House —

나는 여러 해 동안 집을 떠나 있었다

나는 여러 해 동안 집을 떠나 있었다
그리고 이제 문 앞에서
감히 들어가지 못한다, 전에 본 적 없는
어떤 얼굴이

내 얼굴을 뚫어져라 바라보면서
거기에 무슨 용무가 있냐고 나에게 물을까 봐—

"내가 남겨둔 삶 말고 내 용무라는
그런 게 거기 있을까?"

나는 두려움에 몸을 기댔다ー
과거와 더불어 꾸물거렸다ー
그 순간이 마치 대양처럼 굴러와
그리고 내 귀에 부딪혀 깨어졌다ー

나는 가루로 부서지는 듯한 웃음을 웃었고
그래서 문을 두려워할 수 있었다
섬뜩한 공포를 조장했으며
그리고 전에 결코 움츠러들지 않았던.

나는 문손잡이에 갖다 댔다
내 손을, 떨리는 걱정 속에서
그 무시무시한 문이 뒤쪽으로 튀어나오듯 열릴까 봐
그리고 나를 문 안쪽으로 낚아채 들일까 봐ー

그런 다음 내 손가락들을 떼었다
유리처럼 조심스럽게
그리고 손으로 귀를 막았다, 그리고 도둑처럼
숨을 헐떡이며 집에서 도망쳤다ー

유령 이야기가 자아냄직한 공포를 표현하는 시이다. 화자는 여러 해 동안 떠나 있
었던 옛집에 다시 찾아와 문 앞에 서서 망설이고 있다. 문을 열면 모르는 사람이
나와 무슨 "용무"가 있냐고 물으며 자신을 당황하게 할 것 같다. 화자는 과거에
거기 살았던 때 자신의 삶-거기에 남겨진 기억-의 단편을 재확인하고 싶은 것
이다. 하지만 화자는 선뜻 그 문을 열지 못하고 망설인다. 세 번째 연에서 화자가
문 앞에서 느끼는 두려움의 순간을 대양의 파도가 큰 소리로 몰려와 자신의 귓전
에서 부서지는 것 같다고 표현한 것이 흥미롭다. 그 짧은 찰나가 거대한 바다처럼
몰려드는 것이다. 이에 반응하여 화자는 짐짓 부자연스러운 웃음을 큰소리로 웃
는다. 그러나 사실 화자는 자신에게 담담하기만 한 그 문에 두려움을 느낀다. 이
어서 화자는 마음을 가다듬고 떨리는 손으로 문손잡이를 잡지만 문을 잡아당기면
그것이 자기 쪽으로 홱 하고 되튀듯 열리며 자신을 낚아채 끌어들일까 봐 두렵다.
그래서 결국 그녀는 문손잡이에서 손을 떼고 마치 자신이 도둑이라도 되는 듯이
느끼며, 손으로 자신의 귀를 틀어막는다. 자신이 과거에 살았던 집에 오랜 시간이
지난 후에 다시 찾아가서 느끼는 당혹감과 낯섦을 표현한 시이기도 하고, 자신의
과거 삶의 모습을 되돌아보면서 느끼는 이질감을 표현하는 시로 해석할 수도 있
겠다. 결국 우리는 옛집에 다시 들어가지 못한다.

611 | 사랑이라는 빛의 역설

I see thee better—in the Dark—

I see thee better—in the Dark—
I do not need a Light—
The Love of Thee—a Prism be—
Excelling Violet—

I see thee better for the Years
That hunch themselves between—
The Miner's Lamp—sufficient be—
To nullify the Mine—

And in the Grave—I see Thee best—
Its little Panels be
Aglow—All ruddy—with the Light
I held so high, for Thee—

What need of Day—

To Those whose Dark −hath so −surpassing Sun −
It deem it be −Continually −
At the Meridian?

나는 그대를 더 잘 보네 −어둠 속에서 −

나는 그대를 더 잘 보네 −어둠 속에서 −
나는 한 줄기 빛도 필요하지 않아 −
그대에 대한 사랑이 −보랏빛을 능가하는 −
프리즘이 되므로 −

그대와 나 사이에서 구부정하게 웅크리고 있는 −
여러 해들에도 불구하고 나는 그대를 더 잘 보네
그 갱도의 어둠을 무효화하는 데는 −
광부의 램프면 −충분할 거야 −

그리고 무덤 속에서 −나는 그대를 가장 잘 보게 될 거야 −
그곳의 작은 판벽널들이
그대를 위해, 내가 높이 치켜든 −
빛으로 −온통 붉게 −불타오를 것이므로

무엇 때문에 낮이 필요하겠어 −
그들의 어둠이 −그처럼 빼어난 −해를 가지고 있는 사람들에게 −

마치 그건—지속적으로—

정오에 있는 것이 아니겠어?

빛의 밝기는 어둠이 짙을수록 그만큼 더 강렬해진다. 마찬가지로 사랑의 빛도 그
것을 가로막는 고난이 짙을수록 그만큼 더 밝게 빛날 것이다. 화자는 사랑의 빛의
강도를 세 단계로 구분해서 표현한다. 첫 번째 연에서 화자는 흔한 어둠 속에 있
으면서 자신의 연인을 보기 위해서 굳이 다른 빛을 필요로 하지 않는다. 프리즘을
통과한 빛과 같은 역할을 하는 그녀의 사랑의 빛이 보랏빛 가시광선보다 뛰어나
므로. 이어서 화자와 연인 사이에는 광산의 갱도와 같은 긴 어둠이 웅크리고 있다.
하지만 그녀의 사랑 빛이 그 "갱도의 어둠"을 거뜬히 무력화시켜 버리고 오히려
자신의 연인을 더 잘 볼 수 있게 해준다. 마지막으로 화자는 살아 있을 때보다 오
히려 죽어서 무덤 속에 묻혀 있을 때 자신의 연인을 더 잘 볼 수 있을 거라고 말한
다. 자신이 치켜든 사랑의 빛이 무덤 속 판벽을 환히 비출 것이므로. 살아 있는 동
안에는 두 사람 사이의 감정이나 생각을 가로막는 불투명성이 있을 수밖에 없지
만 죽은 후에는 그런 것들이 모두 제거된 상태에서 진실이 투명하게 드러날 것이
라고 말하는 듯하다. 어둠 속에서도 영원한 정오와 같은 사랑의 빛을 가진 사람들
에게는 굳이 낮이 필요하지 않다. 그것을 가로막는 고난의 어둠이 짙을수록 사랑
의 빛은 그만큼 더 강해진다.

630 | 삶의 경고 신호

The Lightning playeth—all the while—

The Lightning playeth—all the while—
But when He singeth—then—
Ourselves are conscious He exist—
And we approach Him—stern—

With Insulators—and a Glove—
Whose short—sepulchral Bass
Alarms us—tho' His Yellow feet
May pass—and counterpass—

Upon the Ropes—above our Head—
Continual—with the News—
Nor We so much as check our speech—
Nor stop to cross Ourselves—

번개가 놀이를 한다—내내—

번개가 놀이를 한다—내내—
하지만 그가 노래하면—그때서야—
우리들은 그가 존재한다는 것을 의식한다—
그리고 우리는 그에게 접근한다—단호하게—

절연체를 들고—그리고 장갑을 끼고—
그의 짧고도—무덤 같은 저음이
우리를 오싹하게 한다—그의 노란 발들이
이리 지나가고—저리 지나가는데도—

우리의 머리 위쪽에서—밧줄을 타고—
연속해서—그 소식을 전하며—
우리는 우리의 말을 억제하지도 않고—
심지어 가슴에 성호를 그으려고 멈춰 서지도 않는다—

■ ■ ■ 해설

우리의 삶에 위험이 닥치면 대개는 경고 신호가 있게 마련이다. 그리고 우리의 감
각은 시각을 통해서든 청각을 통해서든 그것을 인식한다. 하지만 우리는 대체로
그것을 심각하게 생각하지 않고 흘려보내 버리는 경향이 있다. 화자는 번개와 천
둥이라는 자연 현상에 대한 우리의 모순된 반응을 은유화해서 삶의 과정에서 감

지되는 경고 신호에 대해 우리의 의식이 어리석을 만큼 무디다는 것을 꼬집는다. 화자는 천둥과 번개가 놀이를 하는 것처럼 묘사한다. 번개는 놀이를 하고 있고 천둥은 저음으로 노래한다. 화자는 번개와 천둥의 차이를 세밀하게 구분한다. 천둥과 번개 중에서 우리에게 실제 파괴적인 힘을 가진 것은 번개이지 천둥이 아니다. 그러나 우리는 번개가 아니라 천둥에 대해서 놀라는 반응을 보인다. 번개가 칠 때는 태연하다가 잠시 후에 천둥이 칠 때야 비로소 우리는 두려워하며 절연체를 준비하고 보호 장갑을 낀다. 그러나 사실 천둥소리가 들릴 때쯤이면 실제 파괴적인 힘인 번개는 이미 작용이 끝난 상황일 것이다. 두 번째 연의 끝부분에서 세 번째 연으로 이어지는 대목에서 번개의 위협이 생생한 시각적인 이미지로 묘사된다. 우리의 머리 위쪽에서 우리에게 위험 신호를 보내며 번개의 "노란 발들"이 "밧줄을 타고" 이리저리 오간다. 하지만 우리는 사소한 일상의 관심사에 몰두해서 계속해서 떠들며 이야기하고 있고 심지어 가슴에 성호를 그으려고 멈춰 서지도 않는다. 개인적인 차원의 삶에서든 전 지구적인 차원의 환경 문제에 있어서든 우리는 위험을 경고하는 신호들을 감지한다. 그러나 우리는 대부분 그것들을 부러 혹은 부지불식간에 무시한다.

657 | 시라는 가능성

I dwell in Possibility —

I dwell in Possibility —
A fairer House than Prose —
More numerous of Windows —
Superior —for Doors —

Of Chambers as the Cedars —
Impregnable of Eye —
And for an Everlasting Roof
The Gambrels of the Sky —

Of Visitors —the fairest —
For Occupation —This —
The spreading wide my narrow Hands
To gather Paradise —

나는 가능 속에 거주한다-

나는 가능 속에 거주한다-
그건 산문보다 더 아름다운 집이며-
더 많은 창문을 가졌고-
문들에 있어서도-보다 더 우월하다-

내실로 말하자면 삼목처럼-
시선에 대해 난공불락이며-
그리고 영원한 지붕으로
하늘로 된 맞배지붕을 가졌다-

방문객들로 말하자면-최고로 매력적이며-
직무에 있어서라면-이건-
내 좁은 양손을 활짝 펼치는 것이다
낙원을 모아 받아들려고-

■■■ 해설

화자는 자신에게 시가 "가능성"의 "아름다운 집"이라고 말한다. 여기서 가능성은
자유로운 상상력을 의미한다. 디킨슨은 평생 처음에는 자기 집안에서, 그러다 말
년에는 자기 방안에서 은둔의 삶을 살았다. 그런 디킨슨은 시라는 상상력의 집 안
에서 누구보다도 자유롭고 다양하며 아름다운 세계를 경험하는 삶을 살았다. 화

자는 사회적 관행과 고정 관념의 틀로 제한당하는 삶을 논리적 구성에 의존하는 산문의 세계로 비유한다. 시라는 집은 보다 더 많은 문과 창문을 가졌으므로 시인 화자는 그것들을 통해서 세상을 자유롭게 드나들 수 있고, 그 안에 거주하는 그녀는 바깥세상을 자유롭게 내다볼 수도 있다. 시라는 집이 이처럼 자유롭고 개방적인 세계이지만 다른 한편에서 그것은 지극히 사적인 공간이기도 하다. 그처럼 많은 문과 창문이 있음에도 불구하고 그 내실은 눈길이 뚫을 수 없을 만큼 울창하고 거대한 삼목처럼 사적인 공간이다. 그리고 그곳에 찾아오는 방문객들은 최고로 우아한 존재들이다. 그들이 디킨슨의 시를 읽는 독자들이 되었건 그녀가 함께하며 대화했던 자연의 대상들이 되었건. 마지막 두 행이 이 시의 화룡점정이다. 디킨슨에게 시는 일종의 낙원이어서, 그것을 받아들이기 위해 그녀는 자신의 좁은 양손을 모아 활짝 벌린다.

673 | 신성한 영감

The Love a Life can show Below

The Love a Life can show Below
Is but a filament, I know,
Of that diviner thing
That faints upon the face of Noon —
And smites the Tinder in the Sun —
And hinders Gabriel's Wing —

'Tis this — in Music — hints and sways —
And far abroad on Summer days —
Distils uncertain pain —
'Tis this enamors in the East —
And tints the Transit in the West
With harrowing Iodine —

'Tis this — invites — appalls — endows —
Flits — glimmers — proves — dissolves —

Returns —suggests —convicts —enchants —
Then —flings in Paradise —

하계에서 하나의 생명이 보여줄 수 있는 사랑은

하계에서 하나의 생명이 보여줄 수 있는 사랑은
내가 아는 한, 저 더욱 신성한 것의
한 가닥 가느다란 섬유에 불과하다,
그것은 정오에 직면해서 기운을 잃어버리며 —
그리고 햇빛 속에서 부싯깃을 치고 —
그리고 가브리엘의 날갯짓을 방해한다 —

바로 그것이 —음악에서 —넌지시 알려주고 지배한다 —
그리고 여름날에 널리 퍼져서 —
불확실한 고통의 정수를 뽑아낸다 —
바로 그것이 동쪽에서 매혹하며 —
그리고 서쪽에서 지나가는 석양을 물들인다
가슴 아프게 하는 요오드빛으로 —

바로 그것이 —초대하고 —오싹하게 하고 —재능을 부여하고 —
훌쩍 날아가고 —어렴풋이 빛나고 —증명하고 —녹아버리며 —
되돌아와서 —제안하고 —확신시키고 —매혹시키며 —
그런 다음 —낙원에서 내던져진다 —

우리는 흔히 예술적 경험이나 영적 경험을 설명하기 위해 '영감'(inspiration)이라는 개념을 사용한다. 그것은 논리적으로, 구체적으로 설명할 수 없는 어떤 신비로운 경험을 말한다. 시인들도 뮤즈라고 표현되는 그런 느낌을 종종 호출한다. 이 시는 우리가 정서적으로 경험하는 바로 그런 상태를 "더 신성한 것"(아마도 하나님)에서 뽑아져 나오는 "가느다란 섬유"(filament)라고 표현한다. 그것이 예술가들을 손짓해서 부른다는 것이다. 그것은 너무도 미세해서 정오의 햇살에서는 힘을 잃어버린다. 또한 그것은 이글거리는 태양이나 불길이 아니라 부싯깃에서 튀는 섬광과 같아서 순간적으로 나타났다가 사라진다. 그리고 그것은 종교적인 초월적 체험과도 일치하지 않는다. 그러면서도 그것은 예술가들이나 예술적 느낌을 경험하는 사람들을 초대하고 매혹한다. 그리고 마치 낙원에서 꽃송이를 던져주듯 매혹된 사람에게 황홀한 기분을 선사한다.

683 | 영혼의 양면성

The Soul unto itself

The Soul unto itself
Is an imperial friend—
Or the most agonizing Spy—
An Enemy—could send—

Secure against its own—
No treason it can fear—
Itself—its Sovereign—Of itself
The Soul should stand in Awe—

영혼은 그 자체에게

영혼은 그 자체에게
지고의 친구이지—
혹은 적이—보낼 수 있는—

가장 괴롭히는 스파이이기도 하지—

그 자체에 대항해서 안전하여—
어떤 반역도 두려워하지 않지—
그 자체—그의 주권자를—스스로
영혼은 경외해야 하지—

■ ■ ■ **해설**

우리의 자아의식은 어떤 경우에는 자신에게 다정하기도 하고 또 다른 경우에는
자신을 억압하기도 한다. 그래서 우리의 의식은 복잡하고 모순되기도 한다. 그것
이 인간 정신(psyche)이 발현되는 데 생겨나는 복잡성을 의미한다. 이 시에서 한
개인의 영혼 혹은 정신은 두 개의 층위로 분리되어 있다. 그러한 구분을 활동적인
외적 자아와 그것을 반성하며 성찰하는 내적 자아의식이라고 규정해도 될 것이다.
실제 활동을 지배하는 외적 의식은 한편으로 내적 영혼에 대해 최고 권위를 가진
"친구"이기도 하고, 다른 한편으로는 그것을 침해하고 괴롭히는 "스파이" 역할을
하기도 한다. 즉 친구이기도 하고 적이기도 하다. 우리는 반성적 성찰을 통해서
자신의 결함이나 약점을 인식하기도 하며 스스로 자존심이 상하기도 한다. 다른
한편으로 영혼은 자주권을 가진 지엄한 존재이며 스스로의 안전을 확보하여 그
자체에 경외감을 갖기도 한다.

709 | 시의 출판

Publication—is the Auction

Publication—is the Auction
Of the Mind of Man—
Poverty—be justifying
For so foul a thing

Possibly—but We—would rather
From Our Garret go
White—Unto the White Creator—
Than invest—Our Snow—

Thought belong to Him who gave it—
Then—to Him Who bear
Its Corporeal illustration—Sell
The Royal Air—

In the Parcel—Be the Merchant

Of the Heavenly Grace —
But reduce no Human Spirit
To Disgrace of Price —

출판은 — 경매이다

출판은 — 경매이다
인간의 마음을 경매하는 것이다 —
가난이 — 정당화한다
그처럼 불결한 행위를

아마도 — 그러나 우리는 — 차라리
다락방에서 낯빛이
창백하게 되어 — 하얀 창조주에게로 돌아가는 게 나으리라 —
우리의 눈을 — 넘겨줘 버리느니보다는 —

사고(思考)는 그걸 준 그분에게 속한다 —
그런 다음 — 그의 육체적 예시인
사람에 속한다 — 팔아버려라
왕실의 공기를 —

포장지에 싸서 — 장사꾼이 되어라
천상의 은총을 팔아먹는 —

하지만 격하시키진 말아라 인간 정신을
가격이라는 불명예 상태로—

■ ■ ■ **해설**

화자는 다소 분개하는 듯한 어조로 시가 경매되듯이 출판되어 팔리는 것에 항의
한다. 그런 행위가 한 사람의 영혼과 생각을 더럽히는 것이라고 보기 때문이다.
그래서 그녀는 자신의 시를 경매에 넘겨 임의로 형성된 최고 가격에 팔아버리기
보다는 차라리 자기 다락방에 앉아 가난 때문에 얼굴빛이 하얗게 되어 죽음을 맞
이하겠다고 말한다. 문학적 산물의 본질적 가치는 인간의 마음이나 영혼, 생각 등
으로 표현된 "천상의 은총"이라는 정신적 가치에 속하는 것이어서 그것을 물질적,
특히 금전적 가치로 환산해서 처리하는 것은 불결하고 수치스러운 행위라는 것이
다. 문학 작품이 지닌 그와 같은 정신적 가치의 순수함을 돋보이게 하기 위해서
그것을 "하얀 창조주"와 연결시킨다. 당장에 굶주림이 현실인 가난한 작가에게는
한심한 말처럼 들릴 수도 있을 것 같다. 그러나 실제로 디킨슨은 자신의 시를 출
판하여 당장의 명성이나 금전적 대가를 추구하지 않았고, 그것을 오로지 자기 삶
과 세상에 대한 신성한 사명이자 자아성취로 여겼던 것 같다.

783 | 여름 아침의 새들

The Birds begun at Four o'clock —

The Birds begun at Four o'clock —
Their period for Dawn —
A Music numerous as space —
But neighboring as Noon —

I could not count their Force —
Their Voices did expend
As Brook by Brook bestows itself
To multiply the Pond.

The Witnesses were not —
Except occasional man —
In homely industry arrayed —
To overtake the Morn —

Nor was it for applause —

That I could ascertain—
But independent Ecstasy
Of Diety and Men—

By Six, the Flood had done—
No Tumult there had been
Of Dressing, or Departure—
And yet the Band was gone—

The Sun engrossed the East—
The Day controlled the World—
The Miracle that introduced
Forgotten, as fulfilled.

새들은 네 시에 시작했다—

새들은 네 시에 시작했다—
새벽을 위한 그들의 기간인—
공간처럼 무수하지만—
정오처럼 인접하는 음악을—

나는 그들의 힘을 헤아릴 수 없다—
그들의 목소리는 퍼져간다

시내들이 연이어 스스로를 내맡겨
연못물을 증가시키듯이.

목격자들이 없었다—
이따금 오는 사람 말고는—
아침을 따라잡기 위해서—
소박한 일을 위해 배치된—

그것은 내가 확인할 수 있는—
박수갈채를 받기 위해서가 아니었다—
오히려 신과 사람들로부터의—
독립된 환희를 위해서였다

여섯 시가 되자, 홍수는 물러갔고—
마무리하거나, 떠나가는—
떠들썩한 소리가 전혀 없었다
하지만 새 떼는 가고 없었다—

해가 동쪽을 매혹시켰고—
낮이 세상을 지배했다—
소개된 기적은
잊혔다, 임무가 완수되었으므로.

■ ■ ■ **해설**

여름날 새벽 네 시에 새들이 지저귀기 시작해서 아침 해가 밝아오는 여섯 시 무렵 모두 떠나가고 다시 고요해지는 상황을 묘사하는 시이다. 그 새소리가 우리에게 자연의 경이로움을 들려주는 듯하다. 이 시의 매력은 새들의 노랫소리를 시간과 공간, 시각과 청각을 아우르는 복합적인 감각으로 변형해서 표현한다는 점이다. 새들이 지저귀는 소리가 무한한 허공을 가득 채우는 무수한 가락의 음악 소리로 들리기도 하고, 그것이 곧 다가올 정오의 햇살처럼 가깝게 느껴지기도 한다. 그 각각의 목소리들이 합쳐져서 허공에 울려 퍼지는 양상이 마치 여러 개의 시내들이 모여들어 연못을 이루는 것 같기도 하다. 이른 아침이어서 그 새소리를 듣거나 새들을 목격하는 사람은 거의 없다. 아침 일을 위해서 나온 몇몇 소박한 일꾼들만이 그 소리를 들을 뿐이다. 새들은 사람이나 신들에게 들려주기 위해서 노래하는 것이 아니고, 자연의 독립된 주체로서 스스로 노래한다. 사람들이 다른 사람들에게 박수갈채를 받으려 하거나 신을 찬양하기 위해서 노래하는 것과 대비된다. 여섯 시가 되자 해가 이미 떠올라 세상을 지배했고, 새들은 자신의 임무를 완수하고 어디론가 떠나고 없다. 새들의 기적은 잊혔고 세상은 다시 조용해졌다.

997 | 붕괴는 과정이다

Crumbling is not an instant's Act

Crumbling is not an instant's Act
A fundamental pause
Dilapidation's processes
Are organized Decays.

'Tis first a Cobweb on the Soul
A Cuticle of Dust
A Borer in the Axis
An Elemental Rust —

Ruin is formal — Devil's work
Consecutive and slow —
Fail in an instant, no man did
Slipping — is Crash's law.

붕괴는 한순간의 일이 아니다

붕괴는 한순간의 일이 아니다
근본적인 중지와
황폐화의 과정은
조직화된 부식이다.

그건 처음에는 영혼에 낀 거미줄이고
먼지의 표피이며
축 속에 든 나무좀이고
본질적인 녹이다—

파멸은 공식적인—악마의 작업이다
연속적이고 느리다—
그 누구도, 한순간에 실패하지 않는다
슬그머니 빠져나가는 것이—붕괴의 법칙이다.

■■■ 해설

붕괴나 파멸은 한순간에 일어나는 사태가 아니라는 것이 이 시의 화자가 전하는 메시지이다. 어떤 것이 갑자기 산산이 부서져 버리는 것을 목격할 때 우리는 그것이 마치 한순간에 붕괴된다고 생각하기 쉽다. 그러나 그러한 붕괴의 순간이 있기까지는 분명히 그전에 서서히 오랫동안 진행된 균열과 와해, 부식과 부패의 과정이 있었을 것이다. 두 번째 연은 그러한 부식의 네 가지 이미지를 제시한다. 영혼에 거미줄이 끼게 되는 것은 마음속에 이미 활력이 사라지기 시작했다는 것이며, 어떤 사물에 먼지의 막이 덮였다는 것은 그것이 제 기능을 하지 않게 되었다는 것이고, 기둥이나 축에 나무좀이 슬었다는 것은 내부에서부터 와해되기 시작했다는 것이며, 쇠에 녹이 슬었다는 것은 그것이 산화되기 시작했다는 징후이다. 그래서 화자는 어떤 것의 조직이나 체계가 슬그머니 조금씩 미끄러져 내리는 것이 "붕괴의 법칙"이라고 말한다. 성공이 점진적이고 지속적인 과정으로 이루어지듯 실패도 긴 과정을 통해서 이루어진다.

1072 | 아내라는 직함

Title divine—is mine!

Title divine—is mine!
The Wife—without the Sign!
Acute Degree—conferred on me—
Empress of Calvary!
Royal—all but the Crown!
Betrothed—without the swoon
God sends us Women—
When you hold—Garnet to Garnet—
Gold—to Gold—
Born—Bridalled—Shrouded—
In a Day—
"My Husband"—women say—
Stroking the Melody—
Is *this*—the way?

신성한 직함이―내 것이야!

신성한 직함이―내 것이야!
아내라는―서명이 없이도!
갈보리의 황후라는―
선명한 지위가―나에게 수여되었어!
황후답지―왕관만 없을 뿐!
하나님이 우리들 여자들에게 보내준―
황홀함이 없이도 약혼한 거야―
당신들이 가닛 보석에 가닛 보석을―견주고―
금과―금을 견주며―
태어나고―혼례를 치르며―수의에 싸일 때―
단 하루 동안에―
"나의 남편"―이라고 여자들이 말하지―
선율을 맞춰가며―
이게―그런 방식인 거야?

■ ■ ■ 해설

이 시의 화자는 아내라는 신분을 신랄한 어조로 풍자한다. 첫 행에서 그녀는 자신이 마치 신에 의해서 부여된 "신성한 직함"이라도 얻은 것처럼 자신이 아내라는 직함을 갖게 되었다고 당당하게 외친다. 아내라는 직함은 물론 결혼으로 주어지는 것이다. 화자가 뽐내는 아내라는 직함을 얻은 것에는 몇 가지 해석이 가능하다.

우선 성경적 해석에 따라서 그녀의 영혼인 신부가 그리스도인 신랑과 결혼하는－그리스도를 영접하는－상황을 생각할 수 있다. 그것은 기독교적 구원의 혼례식이다. 영혼은 태어나고 혼례를 치르고 죽음을 경험한다. 결혼은 영혼의 구원과 신생을 의미하고 죽음은 죄의 죽음을 뜻한다. 그 모든 일이 단 하루 동안에 일어난다. 또 다른 관점에서 이 시에서의 결혼은 남녀 간의 세속적인 결합으로도 볼 수 있다. 우리는 배우자를 영혼의 짝(soul mate)이라고 부르기도 한다. 하지만 한 여인이 결혼을 통해서 아내라는 직함을 얻는 데는 혹독한 대가가 따른다. 최고 상태의 고통을 상징하는 "갈보리의 황후"가 그것이다. 마지막 세 행이 신랄한 아이러니를 이룬다. 여자들이 자랑하듯 "나의 남편"이라고 "선율에 맞춰가며"(애교 띤 목소리로) 말하지만, 정작 화자는 바로 그게 결혼이라는 의례나 아내라는 신분의 본질이냐고 반문한다. 결혼제도에 대한 신랄한 반문이다.

1104 | 황혼에서 밤으로

The Crickets sang

The Crickets sang
And set the Sun
And Workmen finished one by one
Their Seam the Day upon.

The low Grass loaded with the Dew
The Twilight stood, as Strangers do
With Hat in Hand, polite and new
To stay as if, or go.

A Vastness, as a Neighbor, came,
A Wisdom, without Face, or Name,
A Peace, as Hemispheres at Home
And so the Night became.

귀뚜라미들이 노래했어

귀뚜라미들이 노래했어
그리고 해가 졌지
그리고 일꾼들이 하나씩 끝마쳤지
그날 주어진 그들의 솔기를.

나지막한 풀은 이슬을 머금었고
황혼이 서 있었지, 마치 낯선 사람들이 서 있는 것처럼
모자를 손에 든 채, 공손하면서도 낯설어하며
마치 머물러야 하는지, 혹은 떠나가야 하는지 망설이듯.

광대함이, 이웃 사람처럼, 왔어,
지혜는, 얼굴도 없었고, 혹은 이름도 없었으며,
평화는, 반구들처럼 편안했어
그리고 그렇게 밤이 되었지.

■ ■ ■ 해설

가을날 하루가 저물어 황혼이 깃들고 이어서 마침내 밤이 오는 모습을 묘사한 목
가적인 시이다. 우선 해가 저물면서 귀뚜라미들이 울고, 일꾼들은 그날 일을 마무
리한다. 마치 바느질에서 감침질하여 솔기를 만들 듯이 하루 일을 마감질하는 것
이다. 이어서 낮게 깔린 풀에 이슬이 내리고 황혼이 마치 낯선 사람처럼 찾아든다.

그 낯선 사람은 공손히 서서, 머물러야 하는지 떠나야 하는지 결정하지 못해 망설이는 모습이다. 낮도 아니고 밤도 아닌 그 사이의 어중간한 상황인 황혼을 흥미로운 이미지로 표현하고 있다. 마지막 연에서 마침내 밤이 이웃 사람처럼 낯익은 모습으로 찾아왔다. 밤은 광대한 지혜의 시간이지만, 우리는 밤의 모습을 볼 수 없고 알 수도 없다. 밤은 지식이 아니라 지혜의 시간이다. 그리고 밤에는 북반구나 남반구나, 온 세상이 마치 자기 집에 든 것처럼 편안하다. 인생에도 황혼과 밤이 찾아온다.

1255 | 염원

Longing is like the Seed

Longing is like the Seed
That wrestles in the Ground,
Believing if it intercede
It shall at length be found.

The Hour, and the Clime—
Each Circumstance unknown,
What Constancy must be achieved
Before it see the Sun!

염원은 씨앗과 같아

염원은 씨앗과 같아
땅속에서 씨름하는,
그것이 중재한다면

마침내 발견될 거라는 걸 믿고서.

시간과, 풍토라는―
각각의 상황이 알려지지 않은 채,
어떤 꿋꿋함이 얻어져야만 하는지
그것이 해를 보기 전에!

■ ■ ■ **해설**

우리가 마음속에 염원을 품고 있는 상황을 땅속에 묻힌 씨앗이 싹을 틔우기 위해서 애를 쓰고 있는 모습에 비유한 시이다. 긴 겨울 동안, 혹은 어떤 경우에는 기나긴 가뭄 동안에 대지는 불모 상태이다. 그러나 마침내 봄이 오면 혹은 대지를 흠뻑 적시는 비가 내리면 바로 그 불모의 땅 표면을 가까스로 들추고 초록 새싹이 머리를 내민다. 그리고 마침내 해와 인사한다. 화자는 마음속 깊이 간직해 온 자신의 갈망을 긴 기다림의 시간 동안 그것이 어떤 시대와 환경에 처해 있는지 알지 못하는 상태에서 싹을 틔우기 위해 온 힘을 다해 분투하는 땅속 씨앗의 모습에 비유한다. 그러한 갈망의 씨앗에게 필요한 것은 믿음이다. 씨앗은 하늘의 조건과 땅의 조건 사이에서 자신이 "중재"에 나설 상황이 되면, 즉 햇빛과 수분의 조건이 갖추어지면, 결국은 자신의 존재가 세상에 발견될 거라는 굳은 "믿음"이 있어야만 한다. 마침내 해를 볼 수 있으려면 씨앗에게는 굽힐 줄 모르는 "꿋꿋함"이 필수이다.

나희경

전남대학교 영어영문학과 졸업

뉴욕대학교 대학원 영문학 석사

뉴욕대학교 대학원 영문학 박사

21세기영어영문학회 회장(2014년 3월 ~ 2016년 2월)

현재 전남대학교 영어영문학과 교수

에밀리 디킨슨 시 읽기

초판1쇄 발행일 • 2022년 8월 25일

번역 및 해설 • 나희경 / 발행인 • 이성모 / 발행처 • 도서출판 동인

주소 • 서울시 종로구 혜화로3길 5 118호 / 등록 • 제1-1599호

Tel • (02) 765-7145~55 / Fax • (02) 765-7165

E-mail • dongin60@chol.com

ISBN   978-89-5506-867-2   정가 21,000원